LA MENACE

Du même auteur
Chez Calmann-Lévy

Toxique,
Calmann-Lévy, 2017, Le Livre de Poche, 2018

Fantazmë,
Calmann-Lévy, 2018, Le Livre de Poche, 2019

Avalanche Hôtel,
Calmann-Lévy, 2019, Le Livre de Poche, 2020
Prix Ligue de l'Imaginaire-Cultura

Celle qui pleurait sous l'eau,
Calmann-Lévy, 2020, Le Livre de Poche, 2021

Solitudes,
Calmann-Lévy, 2021, Le Livre de Poche, 2022

Respire,
Calmann-Lévy, 2022, Le Livre de Poche, 2023

La Lisière,
Calmann-Lévy, 2023, Le Livre de Poche, 2024

La Nuit n'est jamais complète (nouvelle édition),
Calmann-Lévy, 2023, Le Livre de Poche, 2024

Triangle noir,
Calmann-Lévy, 2024, Le Livre de Poche, 2025

NIKO
TACKIAN

LA MENACE

roman

CALMANN
LÉVY
NOIR

CALMANN LÉVY
ÉDITEUR DEPUIS 1836

Couverture
Conception graphique : Axel Mahé
Photographies : Visage : © ValuaVitaly/iStock Images
– Ruines : Vik173/iStock Images

ISBN 978-2-7021-9160-6

PARTIE UN

JULIEN

1

Au début il n'y avait que le vide. La sensation étrange d'être plongé dans le noir. Mais pas n'importe quel noir. Celui qui vous prend les tripes jusqu'au fond de l'âme. Celui qui d'un coup de gomme géant efface vos doutes et vos espoirs. Vos souffrances et vos joies. Celui qui rend une nouvelle vie possible. Un peu comme au moment de se réveiller, lorsqu'on quitte l'univers des rêves pour découvrir la réalité.

De ce néant émergea la conscience. *Il* était bien là, un être vivant existant quelque part. *Il*, car c'était d'un homme qu'il s'agissait, ça *Il* en était certain. Et d'après les quelques sensations physiques qui commençaient à lui parvenir, il était allongé. Au loin, dans les strates engourdies de ses perceptions, un sifflement désirait se faire entendre. Ce n'était pas un son désagréable, bien au contraire, une mélodie rassurante cherchant à l'étreindre. Il se laissa gagner par ses filets vibratoires, entouré par sa lancinante symphonie. Et puis un flash blanc lui montra le visage d'une femme. Sa femme. Ça aussi il en était certain. Sa peau d'une pâleur presque translucide contrastait avec ses cheveux sombres. Ses yeux brillaient d'un éclat doux. Il y avait une finesse dans ses traits, une délicatesse qui la rendait intemporelle. Ses lèvres dessinaient une courbe parfaite teintée de rose. Elle souriait. Elle *lui* souriait. Et ce sourire fit naître la joie, un trop bref instant, car le visage s'estompa et fut remplacé par celui d'un homme.

Face ronde, moustaches, lunettes portées sur le bout du nez. L'homme le fixait de ses yeux interrogatifs. Il lui parlait sans que ses mots lui parviennent. Le sifflement s'intensifia et se transforma peu à peu en une présence de plus en plus tangible : le vent. Un souffle puissant qui frappait par rafales contre quelque chose. Une vitre ? Un mur ? Un toit ? Oui, c'était ça. Il se trouvait dans une boîte, quelque part, mais où ? Il avait beau chercher l'information, rien n'émergeait du noir. Il ne lutta pas, qu'aurait-il pu faire de toute façon ?

Le visage à moustaches réapparut plusieurs fois. À un moment, le faisceau d'une lampe puis celui d'une autre le remplacèrent, et il se sentit entouré de lumières bleuâtres et de bruits mécaniques. À mesure que le temps passait, les contours de son corps commençaient à se dessiner mentalement. Son esprit s'apprêtait à pénétrer ce vaisseau de chair jusqu'à s'oublier lui-même. Finalement, l'état végétatif dans lequel il se trouvait n'était-il pas préférable ? Au moins il était libre. Éloigné des souffrances de la réalité. Car, il le sentait déjà, ce corps qui l'attendait souffrait beaucoup. Un abysse de douleur.

Mais il n'eut pas le choix. Le moustachu se tenait face à lui et prononçait des mots qui réussirent à l'atteindre.

— Vous m'entendez ? Est-ce que vous m'entendez ?

Il ouvrit les yeux et ses lèvres se décollèrent.

— Oui.

— Très bien. Je suis le docteur Alhaire… Vous vous souvenez de moi ?

— Je vous ai vu… plusieurs fois. En rêve.

Le médecin eut un léger sourire.

— Parfait. Est-ce que vous vous rappelez votre nom ?

Il chercha à percer la nébuleuse noire qui subsistait dans son esprit. Il la sentait comme une boule sombre agitée de soubresauts organiques. Elle prenait encore tout l'espace de son crâne. Elle pulsait dans un sens et dans l'autre, broyant tout espoir de lucidité.

— Non.

— Ce n'est pas grave. Ça va revenir, ne vous inquiétez pas. L'important, c'est de garder votre calme et de vous reposer. Est-ce que vous savez où nous sommes ?

Du coin du regard, il vit une grande fenêtre sur le côté de la chambre où se trouvait son lit. À l'extérieur, le feuillage d'un arbre secoué par le vent.

— Non.

C'est alors qu'il remarqua deux autres lits répartis dans la pièce. Un homme et une femme y étaient allongés et semblaient eux aussi émerger lentement du sommeil.

— Cela vous reviendra également. Pour l'instant, l'important c'est que vous essayiez de vous accrocher à ma voix. Si je vous parle de la forêt de la Treille, ça vous dit quelque chose ?

— Non...

— C'est là qu'on vous a retrouvé. Cela faisait visiblement plusieurs heures que vous erriez dans les bois.

Il sentit l'angoisse monter dans son ventre et se redressa d'un coup sur son oreiller. Il portait une blouse bleue d'hôpital et chacun de ses gestes était douloureux. Il aperçut plusieurs hématomes sur la peau de ses cuisses. Des éraflures sur ses avant-bras.

— Avez-vous le moindre souvenir de ce que vous faisiez dans cette forêt ?

— Non… je n'ai aucun souvenir.

Les mots étaient sortis avec plus de force. Le médecin parut le remarquer et recommença à sourire, dévoilant une série de dents impeccablement blanches. *Des dents Colgate !* clama une petite voix dans son esprit.

— Bien entendu… nous verrons plus tard.

— Et eux ? Ils étaient dans la forêt ? demanda-t-il en pointant du doigt les lits en face de lui.

Le docteur Alhaire se retourna et observa quelques instants ses deux autres patients. Puis il le dévisagea avec un air préoccupé.

— Oui… eux aussi, dit-il simplement.

Le coin de ses lèvres se pinça légèrement. Il paraissait embarrassé.

— Je dois vous poser une question… Vous êtes prêt à y répondre ?

— Allez-y.

— Est-ce que vous vous souvenez que nous avons déjà eu cette conversation ?

— Je ne pense pas, non. Je viens à peine de me réveiller. Je… suppose que j'étais dans le coma ou un truc du genre ?

En prononçant ces mots, il avait pivoté sur le côté du lit et posé ses pieds sur le carrelage froid de la chambre d'hôpital.

— C'est la huitième fois que nous avons cette conversation.

— La huitième fois ? C'est impossible. Je m'en souviendrais.

— Non, justement. Vous êtes ici depuis soixante-douze heures. Vous vous réveillez deux à trois fois par jour. À chaque fois, je suis à votre chevet et je vous pose les mêmes questions. Jusqu'au moment où vous perdez connaissance. Cela se produit généralement à l'étape où nous sommes actuellement.

Une sensation de malaise semblable au corps froid d'un reptile glissa à l'intérieur de ses entrailles jusqu'à lui entourer le cou et commença à resserrer son étreinte pour l'étouffer.

— Mais vous ne semblez pas être sur le point de replonger dans le coma. C'est donc que nous avançons.

— Julien..., dit-il simplement en fixant l'arbre à l'extérieur.

— Je vous demande pardon ?

— Je m'appelle Julien.

2

Magali et Loïc s'étaient réveillés quelques minutes après lui. Eux non plus ne se souvenaient de rien et on les avait retrouvés errant dans la même forêt. Le médecin leur avait répété exactement les mêmes mots, à la virgule près – *comme un foutu robot !* –, avant de quitter la chambre pour les laisser seuls avec le bruit du vent contre la fenêtre. La fille avait tout juste la vingtaine, des cheveux bruns bouclés et un visage un peu joufflu.

— Il est chelou, ce docteur, dit-elle en se recroquevillant, genoux contre sa poitrine.

— Ouais, répondit Loïc en tâtant les muscles de ses bras comme s'il essayait de vérifier s'ils étaient toujours à leur place.

Julien l'observait depuis son lit. C'était un gars solide au corps athlétique et au menton carré encadré de cheveux blonds coupés court. Le genre de type qui passait son temps à la salle pour soulever des poids. À les regarder comme ça, ils auraient pu être frère et sœur. Julien ne se souvenait ni de l'un ni de l'autre, mais il avait pourtant l'impression de les connaître.

— Vous aussi vous avez mal partout ? questionna le beau gosse en retirant sa blouse pour inspecter son torse, dévoilant des abdos parfaitement dessinés, mais recouverts de taches sombres.

— Oui, répondit Julien en rejoignant la salle de bains.

Il se plaça face au miroir et observa son reflet avec dépit. Il n'avait pas tiré le gros lot. La trentaine marquait son visage de traits fatigués. Ses cheveux, indisciplinés, tombaient en désordre sur un front proéminent. Ses yeux, cernés d'ombres, portaient les stigmates de trop nombreuses nuits blanches ou de pensées trop lourdes pour son âme. Son corps maigre était parsemé d'ecchymoses disgracieuses. Il n'était pas beau, non, mais il y avait quelque chose dans son regard. Un éclat brut, une authenticité qui défiait les normes de la beauté. Julien se demanda si ce reflet lui appartenait vraiment. S'il n'y avait pas, quelque part à l'intérieur, plus que cette image décharnée et meurtrie par la vie.

— Moi aussi, j'ai des bleus partout ! lança Magali en scrutant son corps sous ses draps. Je ne comprends pas… on est où, là ?

— Dans un hôpital, répondit Loïc en esquissant un sourire de vainqueur, comme si c'était une révélation.

— Ça, je m'en doutais. Mais je veux dire où ça exactement ? Quelle ville ?

— Le médecin a parlé de la forêt de la Treille, déclara Julien en rejoignant la chambre. Ça vous dit quelque chose ?

Ils secouèrent la tête, visiblement autant dans le brouillard que lui. Il se dirigea vers la fenêtre pour découvrir un panorama qui lui sembla familier. En contrebas s'étendaient des petites maisons aux tuiles rouges et des ruelles sinueuses dévalant le flanc d'une colline. Au loin, il aperçut une immense forêt, comme un océan végétal contrastant avec le bleu azur du ciel. Au pied de la façade, un parking encadré de cyprès et d'oliviers dont les branches se tordaient sous la puissance du vent. Un peu plus loin, il devina une place, une fontaine et quelques silhouettes d'enfants s'amusant à se jeter de l'eau. Des éclats de voix arrivèrent jusqu'à lui. Des rires, le cliquetis des tasses de café, le son d'une guitare quelque part, jouant une mélodie mélancolique. Julien posa sa main contre la vitre, le cœur serré par une nostalgie inexpliquée. Il était bien chez lui, il le sentait, mais pour quelle raison ce paysage lui paraissait-il à la fois si étranger et si intime ?

— Il est vraiment chelou, ce docteur, répéta Magali.

— Pourquoi tu dis ça ?

— Tu as vu la manière dont il nous regarde ? Il y a un truc dans ses yeux qui ne colle pas. C'est comme si…

— Comme si quoi ? répondit Loïc.

— Comme s'il nous cachait des choses. Je ne sais pas… Je sens qu'il est fourbe. Et toi ? Tu n'as rien remarqué de bizarre ?

Julien se retourna vers elle et scruta son visage de poupée. Elle était jolie et avait quelque chose d'étonnant dans la manière de se tenir. Elle lui faisait penser à un petit chat sauvage prêt à bondir.

— Je suis d'accord avec toi, approuva-t-il. Toute cette situation est étrange. On nous dit qu'on nous a retrouvés en forêt, mais on a le corps couvert d'hématomes. Et on ne se rappelle *rien*, tous les trois.

Ils échangèrent des regards inquiets.

— Comment est-il possible qu'aucun de nous n'ait conservé le moindre souvenir ? Ça ne fonctionne pas comme ça, l'amnésie. Je veux dire… Je veux bien croire que l'un d'entre nous soit suffisamment choqué pour perdre la mémoire. Mais tous les trois ? En même temps ! Ça n'a aucun sens.

— Sauf s'ils nous ont volé nos souvenirs.

Les regards convergèrent vers Loïc qui avait repris son petit air fier de lui.

— Qui ça, *ils* ?

— Bah, les scientifiques. Ils font des trucs pas réglo dans leurs souterrains. Des trucs sur les cerveaux des gens.

— Qui est-ce qui t'a raconté ça ?

— C'est connu. C'est le gouvernement qui les paie pour contrôler le peuple. Sinon il y aurait une révolution. C'est comme le Covid. Tu crois que c'est naturel, toi ? C'est calculé, tout ça. C'est dans le *plan*.

Julien l'observa avec stupéfaction. Ce type était-il sérieux ?

— Et toi, tu te rappelles toutes ces conneries ? Je croyais que tu avais perdu la mémoire.

— Ouais, mais ça, j'peux pas l'oublier. Ça, c'est la vérité.

Magali garda le silence, comme si elle n'avait rien entendu. Elle se contentait de tripoter une mèche de cheveux bouclés, absorbée par ses pensées. Julien décida de temporiser.

— OK… on est d'accord pour dire que quelque chose ne colle pas. Mais qu'est-ce qu'on peut faire alors ?

— On se tire de cette chambre, dit la jeune femme d'une voix aussi douce que du miel.

— Pour aller où ? Non, je vous propose beaucoup plus simple. On sort, on trouve ce docteur Alhaire et on lui demande des explications claires sur notre état de santé.

— C'est tellement facile pour lui de nous injecter un truc et de nous dire : « C'est la huitième fois que nous avons cette conversation. » Il nous drogue ! interrompit Loïc en étirant son grand corps musclé.

— Et qu'est-ce qu'il nous fait quand nous sommes endormis ?

— Qu'est-ce que tu veux dire, Magali ?

— Je ne sais pas… Pourquoi j'ai des bleus partout sur les fesses ?

Julien sentit une boule d'angoisse lui monter dans la gorge. Leurs théories avaient beau être farfelues, il était obligé d'admettre qu'ils avaient, au moins en partie, raison. Quelque chose se passait dans cet hôpital. Mais quoi ?

3

De l'autre côté de la porte, ils se retrouvèrent dans un couloir. Un de ces longs, interminables couloirs au sol en béton, aux murs délavés desservant des chambres portant des numéros à deux chiffres. Il y traînait toutes sortes d'appareils médicaux, de chariots couverts de boîtes de médicaments, de sérums physiologiques, de canules, ciseaux, pansements, bandages, gazes et toute une série de « saloperies », comme les appela Loïc. Il y avait aussi un brancard vide abandonné dans un coin. En revanche, pas la moindre présence humaine.

— Écoutez ! dit Loïc en se figeant sur place.

— Quoi ? Qu'est-ce qu'il y a ?

— Vous entendez ?

— Non, rien du tout, lança Magali d'une voix étouffée.

— Justement. C'est pas normal. On est dans un hôpital. Il devrait y avoir du bruit.

Julien le fixa puis scruta les environs. Effectivement, il régnait un silence de mort. Pas de sonnerie d'appareils, pas de gémissements lointains, pas de sons de déplacements quelconques ou de bribes de conversations. Rien.

— Suivez-moi, dit-il en s'engouffrant plus avant. On va aller au bureau des infirmières. Ça doit être l'heure de la pause ou un truc du genre.

Ils dépassèrent le brancard d'un bon pas et Magali s'immobilisa d'un seul coup, les traits déformés par une moue de dégoût.

— Regardez ! cria-t-elle en pointant du doigt. Juste là !

Roulé en boule sur le côté de la civière se trouvait un drap de lit jaunâtre couvert de sang.

— Qu'est-ce qu'il y a, Magali ?

— C'est du… sang.

— Oui, et alors ? On est dans un hôpital. Les gens saignent.

— Ou bien on les fait saigner, commenta Loïc.

Ils n'eurent pas le temps de pousser plus loin ces réflexions, car un bruit en provenance du fond du couloir attira leur attention. C'était un simple bip électronique, celui d'un ascenseur dont la porte venait de s'ouvrir. Julien fut pris d'une sorte de peur panique, comme s'il s'était introduit dans un lieu interdit, et entra dans la pièce la plus proche pour s'y dissimuler. Ses camarades firent de même et ils se retrouvèrent dans une chambre vide, collés contre la cloison. Des bruits de bottes résonnèrent et la silhouette d'un homme apparut dans l'entrebâillement de la porte. Un homme en uniforme.

— Un flic, putain ! murmura Loïc.

Le policier remonta lentement le couloir, les dépassa sans les remarquer et s'arrêta devant leur chambre, dont il poussa la porte avant de disparaître à l'intérieur.

— Il est entré dans notre chambre, gronda Loïc, à la limite de l'hystérie. Je vous l'avais dit ! Il vient pour nous.

— C'est le moment. On y va ! coupa Julien.

Ils quittèrent leur cachette et, poussés par un désir irrépressible de fuite, avancèrent d'un bon pas vers l'ascenseur. C'est alors qu'apparut le docteur Alhaire.

Il émergea d'une pièce sur le côté, comme s'il y montait la garde.

— Vous avez besoin de quelque chose ?

Ils étaient tous les trois figés face au médecin, comme des enfants surpris les doigts dans un pot de confiture.

— Oui… euh… c'est vous que je cherchais, dit Julien.

— Et qu'est-ce que je peux faire pour vous ?

— Vous pouvez nous dire la vérité ! La foutue vérité, doc ! vociféra Loïc en se dressant face à lui du haut de ses cent kilos de muscles.

Le médecin fit un pas de recul et parut soudain beaucoup plus inquiet.

— Qu'est-ce que vous voulez dire ? Je ne comprends pas.

— Tout ça n'est pas possible, docteur, continua Julien en posant une main sur l'épaule de son camarade pour le calmer. L'amnésie collective, la balade en forêt… ça ne colle pas. Dites-nous simplement la vérité. Pourquoi on est ici ?

Le docteur réfléchit quelques secondes avant de lui répondre d'une voix qui se voulait rassurante.

— Vous êtes ici car vous avez besoin de soins. Je vous l'ai déjà expliqué. C'est absolument normal de se sentir désorienté après ce genre de perte de mémoire. Nous devons faire des examens complémentaires pour déterminer le type d'amnésie qui vous frappe et en comprendre la cause exacte. Nous avons écarté la piste physiologique pour l'instant, mais…

— Arrêtez de nous embrouiller la tête ! cria soudain Magali, les joues rosies par la colère. Qu'est-ce que vous nous avez fait ? Qu'est-ce que vous *m'*avez fait ? Pourquoi j'ai ces marques partout sur le corps ?

Et elle souleva un pan de sa blouse, montrant son ventre couvert de bleus.

Le médecin recula encore d'un pas pour se refugier dans le bureau d'où il était sorti et Julien crut lire de la peur dans son regard.

— Si vous avez touché à un cheveu de sa tête, j'vous défonce, conclut Loïc d'une voix gutturale.

— Calmez-vous… il n'y a pas de raison de s'énerver. Je ne vous ai rien fait du tout.

C'est alors que la porte de leur chambre s'ouvrit à nouveau et que la silhouette du flic surgit dans le couloir. Le visage tourné dans leur direction, il se mit à avancer vers eux d'un pas rapide.

— Putain ! Faut se tirer, jeta Loïc. VITE !

Et il partit en courant vers l'ascenseur. Magali ne semblait pas avoir pris conscience de la situation ; elle avait recommencé à hurler sur le docteur en détaillant ses marques. Julien hésita sur la marche à suivre. Après tout, pourquoi aurait-il peur de la police ? Une violente migraine lui martelait les tympans. Le policier n'était plus qu'à quelques mètres et il avait posé une main sur l'étui noir qu'il portait à la ceinture. Julien crut y reconnaître la forme d'un Taser. *Il va nous griller ! Décide-toi, bordel !* Soudain, la colère de Magali se transforma en une véritable crise d'hystérie. Elle saisit le médecin par le col pour coller sa bouche contre son oreille, comme s'il ne l'entendait pas. Mais tout le monde devait l'entendre dans ce fichu hôpital : elle hurlait de toutes ses forces.

Le médecin passa une main dans la poche de sa blouse et en sortit quelque chose. Quelque chose de fin et long qui se terminait par une aiguille.

— Attention, Magali. ATTENTION ! cria Julien en voyant la pointe se rapprocher de la chair de son épaule.

Il s'élança vers la jeune femme mais sentit une douleur, une décharge, à moins que ce ne fût un violent coup sur le crâne. Ses forces l'abandonnèrent subitement, tout disparut autour de lui et il s'effondra sur le sol avant de sombrer dans le néant.

4

— Vous m'entendez ? Est-ce que vous m'entendez ?

Julien ouvrit les yeux. Ses lèvres se décollèrent et il sentit une désagréable impression de déjà-vu.

— Je suis le docteur Alhaire... vous vous souvenez de moi ?

— Je crois, oui.

L'homme se tenait assis sur le rebord du lit. En face, Magali et Loïc étaient plongés dans un profond sommeil.

— Vous vous rappelez votre nom ?

— Julien, dit-il en se redressant sur ses coudes. Je me souviens parfaitement de mon nom, et de l'hôpital... et de la forêt de la Treille. C'est là qu'on m'a retrouvé.

Le visage du médecin s'illumina comme si cette réponse lui faisait particulièrement plaisir.

— C'est parfait, Julien. Vous vous rappelez ce que vous faisiez dans cette forêt ?

Le jeune homme se concentra pour essayer de percer la nébuleuse noire. Elle avait beau perdre du terrain, elle était encore bien installée tout au fond de son crâne, et aucune image ne se forma, aucune idée, aucun mot.

— Non. Et elle se trouve où exactement, cette forêt ?

— À une trentaine de kilomètres d'ici, dans un immense parc naturel. Les vallons du Mistral. Un très bel endroit, très sauvage. Ça non plus, ça ne vous dit rien ?

— Rien du tout.

— Ça va revenir, ne vous inquiétez pas. Vous avez encore besoin de repos.

L'impression de déjà-vu se transforma en angoisse à mesure qu'une vague de souvenirs commença à le submerger. Cette chambre, les théories de Loïc, leur fuite dans le couloir et le coup sur la tête, à moins que ça n'ait été la décharge d'un Taser ou une aiguille dans sa peau…

— Est-ce que vous vous rappelez que nous avons déjà eu cette conversation ?

— Ça y est… vous allez le dire !

— Qu'est-ce que je vais dire ? répondit le médecin d'un air étonné.

— C'est la neuvième fois que nous avons cette conversation. C'est ça que vous allez me dire.

Alhaire sourit et posa une main – *froide et un peu moite* – sur un de ses avant-bras.

— Pas exactement, Julien, mais c'est un véritable progrès. Non, c'est la douzième fois que nous avons cette conversation.

Douze ?! Julien sentit son pouls s'accélérer. Il y a quelques secondes à peine, ils avaient tenté de fuir cette chambre pour se retrouver dans un couloir désert, pris en étau entre le bon docteur et ce flic. Non, c'était la neuvième, à la rigueur la dixième… mais la douzième !? Un froid glacial commença à s'insinuer dans son corps.

— Ce flic, pourquoi est-ce qu'il est là ?

— Ah… vous vous souvenez également de lui.

— Oui, je m'en souviens très bien, en effet. Alors répondez-moi.

Le médecin parut soudain embarrassé. Il mit plusieurs secondes avant de reprendre la parole en hésitant sur le choix des mots.

— Disons qu'un certain mystère entoure votre présence dans la forêt de la Treille. La police s'interroge sur ce qui a pu se dérouler avant…

— Avant ? Avant quoi ?

— Avant votre découverte dans les bois.

— Et celle de mes amis. Ils étaient dans la forêt eux aussi ? Au même endroit ?

— Vos amis… oui, répondit le médecin en prenant quelques notes sur un carnet. Ils étaient effectivement avec vous.

— Et pourquoi est-ce que nous avons des marques sur le corps ?

— Ce sont des contusions. Visiblement, vous avez reçu des coups ou fait une chute. Heureusement, rien de grave. C'est votre esprit qui nous préoccupe.

— Nous qui ?

Le docteur Alhaire sembla désarçonné par cette question et fit un pas de côté pour s'éloigner du lit.

— Je veux parler du corps médical… les gens qui s'occupent de vous, dans cet hôpital. Les gens qui désirent vous aider.

Julien sentit que quelque chose avait changé. L'homme avait perdu son ton professoral et sûr de lui au profit d'une intonation fébrile, presque inquiète.

— Qu'est-ce que vous avez injecté à Magali ? Un sédatif ? Une drogue ?

— Magali ?… Je… je ne comprends pas à quoi vous faites allusion, Julien.

Le patient bondit de son lit et parcourut les quelques mètres le séparant de celui de la jeune femme, qui semblait dormir paisiblement. Ses doigts écartèrent le tissu de sa blouse jusqu'à son épaule, où se trouvait un gros hématome rouge et bombé.

— Là, regardez... on voit encore la marque de la piqûre. Qu'est-ce que vous lui avez injecté ? Vous dites que vous nous voulez du bien, mais alors pourquoi nous droguer ?

— Je ne vous ai absolument rien injecté, Julien ! C'est dans votre tête, tout ça. Vous délirez.

— Vous voulez dire que je ne suis pas venu vous chercher dans le couloir de l'hôpital ? Que je ne vous ai pas demandé de m'expliquer ? Que tout ça, c'est un rêve et que je n'ai jamais quitté mon lit. Donc, en fait, peut-être que vous n'êtes pas là, que tout ceci aussi, c'est mon délire.

Tout en parlant, il se dirigea vers la fenêtre et posa une main sur la poignée.

— Autre hypothèse. Si j'ouvre cette fenêtre et que je me jette en bas, je ne vais pas m'écraser sur le bitume du parking puisque je rêve. Je vais me réveiller et vous allez me dire : « C'est la treizième fois... » Treizième fois, mon cul !

Et il joignit le geste à la parole, écartant largement les deux battants de la fenêtre. Un vent chargé d'odeurs de pin entra dans la pièce. Ses yeux rencontrèrent les tuiles rouges chauffées par le soleil, la cime des arbres se détachant sur la crête d'une colline, les ruelles lézardant entre les petites maisons provençales serrées les unes contre les autres.

— Arrêtez ! gémit Alhaire. Votre réaction est normale, vous essayez de rationaliser votre perte de mémoire, mais vous n'avez pas d'éléments tangibles auxquels vous rattacher. Lorsqu'on vous a retrouvé, vous n'aviez aucun papier d'identité sur vous. Impossible de prévenir vos proches, votre famille, votre employeur. Quand vous vous rappellerez votre nom, cela aidera énormément.

— Et eux ?! questionna Julien en pointant les lits de ses camarades.

— Eux non plus n'ont pas d'identité. Ils sont dans le même état que vous, Julien.

— Comment ?! C'est impossible qu'on soit tous les trois autant à la masse.

— Je suppose que vous avez vécu un traumatisme commun. Il s'est passé quelque chose. Quelque chose de suffisamment choquant pour vous plonger dans cet état. Faites-moi plaisir, éloignez-vous de cette fenêtre.

Julien observa le monde extérieur. Il semblait accueillant et beau. Plein de promesses. Pourtant, quelque chose de rance flottait dans l'air. Une odeur de pourriture s'insinuant dans cette image d'Épinal. Le docteur se rapprocha doucement et lui saisit un bras pour l'aider à rejoindre son lit.

— Ne vous inquiétez pas, nous allons vous soigner. Nous voulons votre bien. Tout va s'arranger, Julien... Ayez confiance.

5

Magali et Loïc s'étaient réveillés quelques minutes après le départ du docteur Alhaire. Eux aussi se souvenaient de leurs péripéties dans le couloir. Julien leur avait débriefé son entretien dans les moindres détails.

— Pour moi, il n'y a qu'une conclusion logique, c'est qu'on s'est fait abducter tous les trois, dit Loïc d'un ton presque professoral.

Allons bon, pensa Julien sans rien répondre.

— Abudquoi ? questionna Magali en massant l'hématome de son épaule.

— Enlever... par des non-terrestres. On se baladait en forêt, on a vu une lumière blanche au-dessus de nos têtes et ils nous ont pris dans leur vaisseau. C'est ça qu'on appelle une abduction. Ça arrive souvent. Y a des témoignages partout, mais généralement ces affaires sont étouffées. Secret défense.

— Mais, Loïc, tu vois bien qu'ici, c'est un hôpital, fit patiemment remarquer Julien.

— Oui, c'est ce qu'ils veulent nous faire croire. Mais c'est juste un décor, comme à Disney.

— Et la ville en bas ? Et les montagnes, la forêt ? Le mistral ?

— De la réalité virtuelle.

Le jeune homme se leva soudainement de son lit et vint se placer contre un des murs de la chambre donnant sur l'extérieur.

— Si je frappe ici, très fort… si je pète ces quelques centimètres de plâtre, tu sais ce qu'il y a derrière ?

Julien et Magali échangèrent un regard interrogatif.

— Le vide stellaire. Et la constellation Alpha du Centaure. C'est de là qu'ils viennent, c'est prouvé dans le milieu ufologique. Encore une science qui n'est pas connue du grand public parce qu'elle remet trop de choses en question. La vérité dérange.

Julien passa une main sur son front pour se masser les tempes. Les délires de Loïc commençaient à lui donner la migraine, mais il n'avait pas le choix. Il fallait qu'il compose avec lui le temps de quitter cet endroit.

— OK… mais il se trouve que toi, tu crois aux extraterrestres, et moi non, finit-il par répondre sur le ton le plus conciliant possible.

— T'y crois pas, mais tu sais que la majorité des extraterrestres ne croient pas aux humains eux non plus ! Est-ce qu'on est certains d'exister ? Est-ce qu'on n'est pas juste le rêve d'une créature endormie quelque part dans l'univers ?

Il y eut un long silence et Julien se dit qu'il valait mieux ne pas essayer de le convaincre. Non. La meilleure chose à faire était de se consacrer à l'unique tâche importante : se tirer de cet hôpital avant de perdre à nouveau connaissance.

— J'ai réfléchi toute la matinée, dit-il. Alors voilà le plan. On attend la nuit en faisant semblant de dormir quand le médecin entre dans la chambre. Et ce soir on se tire.

— Super plan, dis donc, intervint Magali. Mais on fait comment ? Je te rappelle qu'il y a un flic dans le couloir.

— J'y ai pensé. Tout à l'heure, quand j'ai menacé de me balancer par la fenêtre, j'ai remarqué un balcon juste en dessous. À mon avis, on peut facilement l'atteindre. Après, on sera plus qu'à un étage de la liberté.

— Et s'il y a quelqu'un dans la chambre qui donne sur ce balcon ?

— Y aura personne, car c'est une illusion, coupa Loïc. D'ailleurs, tu verras qu'on n'arrivera pas à sortir par cette fenêtre, c'est la limite de la matrice. Au-delà, c'est une simple mer de pixels. Un voile numérique. Et puis, on est sans doute déjà grillés. Y a peut-être des caméras partout.

Des caméras ! Comment Julien n'y avait-il pas pensé plus tôt ? Il y avait certainement des caméras dans cette foutue chambre. Le bon docteur était peut-être en train de les observer en ce moment même, une bière à la main.

Tous trois se mirent à la recherche d'un potentiel mouchard. En vain. Après avoir retourné les moindres recoins de la pièce, ils finirent par conclure qu'ils n'étaient pas sous surveillance et décidèrent de la marche à suivre. Faire une corde avec leurs draps, la nouer au garde-corps pour descendre en toute sécurité. S'introduire dans la chambre du dessous, puis traverser le premier étage le plus discrètement possible. Julien s'inquiétait un peu à ce sujet. Il y avait forcément au moins un gardien ou une infirmière à l'entrée. Ça les forcerait à improviser et, à en juger par leur aventure dans le couloir, ce n'était pas leur point fort.

— Et ensuite ? questionna Magali en le fixant avec des yeux plissés dans lesquels Julien crut lire une forme d'admiration.

— Ensuite, on sera sortis de cet endroit et on essaiera de comprendre ce qui nous est arrivé.

— Oui, mais comment ? On ne sait même plus où on habite.

— On verra en temps voulu, ne t'inquiète pas.

— Tu ne vas pas nous abandonner, Julien ? Tu ne vas pas nous planter là pour disparaître dans la nature ?

— Non, répondit-il d'un ton qui se voulait rassurant.

Elle lui sourit et les petites rides d'anxiété au-dessus de son nez se détendirent pour la première fois depuis son réveil. Julien vit le visage de sa femme se superposer au sien. *Chloé, mon amour, où es-tu ?* Son prénom lui était revenu d'un coup, sans qu'il comprenne pourquoi. Il aurait dû se réjouir, mais une angoisse soudaine lui serra le cœur. Elle était en danger, quelque part. Il le sentait.

— Ça va, Julien ? questionna Magali.

— Oui, dit-il pour donner le change.

Mais ce n'était pas le cas. Le docteur avait raison. Il s'était passé quelque chose dans cette forêt – *avant*. Quelque chose de terrible. Et il fallait qu'il découvre quoi. La vie de Chloé en dépendait.

Loïc termina une série de pompes et se redressa en sueur.

— C'est bon, je suis prêt. C'est quand vous voulez !

Et ils attendirent que la nuit tombe…

6

Descendre à l'étage inférieur fut étonnamment simple. Après avoir attaché un drap noué à intervalles réguliers pour une meilleure prise, Julien s'était élancé silencieusement et, en quelques mouvements de bras, il était arrivé sur le balcon. Il s'était accroupi pour scruter la chambre attenante – vide –, avant de faire signe aux autres de le suivre. Magali n'avait eu aucun mal à descendre, quant à Loïc, une fois passée son appréhension de se retrouver plongé dans la matrice ou un quelconque néant cosmique sorti de son imagination, c'est tout juste s'il n'avait pas sauté directement pour les rejoindre.

Ils étaient désormais officiellement « en fuite » et cela procurait à Julien un sentiment mitigé de peur et d'excitation. La nuit avait recouvert le paysage à peine éclairé par les rayons froids de la lune et quelques réverbères disséminés dans le village. Les rires et les bribes de conversations s'étaient tus, avalés par l'obscurité et un silence oppressant. Seule la caresse invisible du vent bruissait encore d'une faible vibration. Julien regarda ses camarades se poster de chaque côté de la porte-fenêtre et prit une profonde inspiration chargée de fragrances de thym sauvage et de romarin, mêlées à la touche résineuse des pins. La nature n'était pas loin ; à vrai dire, elle encerclait cet endroit comme une armée végétale prête à envahir le flanc de la colline, et les petites maisons de pierre rose ne résisteraient pas longtemps.

— On y va ? interrogea Magali en lui lançant un regard inquiet.

Il hocha la tête et glissa sa main entre les battants de la fenêtre pour ouvrir le passage. Les contours d'une chambre presque semblable à la leur se dessinèrent dans la pénombre. Deux lits, un bureau, une desserte et des fauteuils pour les accompagnants. Tout était impeccablement rangé et il y régnait une odeur désagréable de javel. Ils se glissèrent à l'intérieur. Julien ouvrait la marche, les yeux rivés sur l'entrée de la pièce, prêt à bondir dans un coin pour se cacher. Le plus difficile restait à faire : sortir dans le couloir, trouver les escaliers, se faufiler dans la rue. Loïc lui fit un signe, inclinant son menton carré de beau gosse pour lui indiquer qu'il était temps. Julien posa délicatement la main sur la poignée de la porte.

À l'extérieur, même couloir qu'à leur étage. Sol en béton, murs délavés, portes avec des numéros à deux chiffres et apparemment rien pour leur barrer la route. Ils parcoururent la distance les séparant de l'ascenseur à pas de loup. Non loin de celui-ci, une salle estampillée *Bureau médical* attira l'attention de Julien. Et si le docteur Alhaire se cachait là et les observait sur ses écrans de surveillance ? Et s'il attendait le bon moment pour leur injecter son sérum ? Alors ils ne se souviendraient plus de leur fuite et tout serait à refaire.

Magali sembla lire dans ses pensées. Elle posa une main rassurante sur son épaule et lui sourit comme elle l'avait fait plus tôt. Les doutes de Julien s'envolèrent et il continua sa progression jusqu'à un escalier de service à côté de l'ascenseur. Il n'y avait pas de sécurité particulière, il était facilement accessible et ils se retrouvèrent bientôt à descendre la volée de marches les séparant du rez-de-chaussée. Cette fois, les choses devenaient sérieuses. Derrière ce dernier obstacle, un territoire inconnu les attendait. Un territoire où patrouillaient peut-être le flic et ses collègues. Julien avait envisagé le scénario dans lequel ils se faisaient arrêter. Le mieux serait de garder son calme et d'expliquer que rien ne leur interdisait de quitter l'hôpital. Après tout, ils avaient des droits ! Le fait de perdre la mémoire ne les amputait pas de cette réalité.

Loïc écarquilla les yeux, fixant la poignée de la porte avec des hochements répétés de la tête. Oui, il était temps de se lancer dans l'inconnu et de retrouver leur liberté. La cage d'escalier donnait directement dans le hall. Ils se figèrent tous les trois à la vue d'une infirmière, absorbée par son travail derrière un comptoir. Sa silhouette se découpait dans la lueur blafarde des néons et les murs d'un blanc clinique. Julien posa un doigt sur ses lèvres et scruta les environs. Personne d'autre ne leur barrait le passage. L'infirmière ne semblait pas consciente de leur présence, son attention captivée par un écran. C'était le bon moment.

Julien fit un signe à ses compagnons et s'engagea sur le sol en carrelage le plus discrètement possible. Cinq mètres, quatre, trois… une fois l'extrémité du comptoir atteinte, ils devraient s'élancer vers la porte en priant pour qu'elle ne soit pas verrouillée. Soudain, le téléphone de la réception se mit à sonner, déchirant le voile de silence qui les enveloppait. L'infirmière eut un léger sursaut, tendit une main vers le combiné du standard et fit pivoter sa chaise, tournant partiellement le dos à l'entrée. C'était leur chance ! Julien échangea un regard avec les autres et, d'un mouvement de tête, donna le signal. Ils traversèrent le hall rapidement, leurs pieds nus à peine audibles sur le sol lustré. Julien sentit un frisson le parcourir en pensant aux caméras de surveillance, aux seringues remplies de substances inconnues et au docteur Alhaire qui serait furieux de leur évasion, mais il repoussa ces craintes : la sortie était si proche. La porte – une baie vitrée automatique – coulissa sur elle-même dans un léger bruissement mécanique. Un vent à la saveur de liberté gonfla leurs poumons tandis que, sans hésiter, ils quittaient l'hôpital pour disparaître dans la nuit.

7

Le vent venait de l'intérieur des terres. Il soufflait par rafales puissantes, traînant avec lui tous les effluves de la forêt. À chacune des respirations de Julien, ses cheveux s'agitaient dans tous les sens en lui fouettant le visage. Malgré la chaleur estivale, il avait froid. Il faut dire qu'ils étaient sortis de l'hôpital simplement habillés de leurs blouses, c'est-à-dire presque nus. La chose la plus censée maintenant était de trouver des vêtements en profitant de l'obscurité pour passer inaperçus. Heureusement pour eux, le village était désert. Hormis un gamin qui promenait son chien – et qu'ils prirent soin d'éviter en se cachant entre deux voitures –, ils étaient pour l'instant invisibles. Mais cela ne durerait pas.

La solution à leur problème se présenta sous la forme d'une borne de collecte de recyclage, installée près des poubelles sur la place principale – celle-là même que Julien apercevait depuis la fenêtre de sa chambre. Quelques pans de tissu dépassaient du container et Loïc les utilisa pour faire pivoter le battant et plonger son bras à l'intérieur. Il extirpa une pile de frusques hétéroclites, mais suffisantes pour qu'ils se débarrassent de leurs uniformes d'hôpital. Loïc retira sa blouse sans aucune pudeur pour enfiler un short informe et un marcel trop petit pour ses pectoraux puissants. Magali s'isola un instant et revint vêtue d'une robe courte aux tons psychédéliques. Quant à Julien, il opta pour un vieux jean troué et un tee-shirt à la propreté douteuse. Pas de chaussures, seulement une paire de claquettes dont la taille correspondait aux pieds de Julien. Ils pouvaient désormais marcher dans la rue sans trop attirer l'attention, mais pour aller où ?

— Je pense qu'il faut qu'on quitte le village, dit Julien.

— D'accord, mais on va où ? questionna Magali. J'ai déjà mal aux pieds.

— On fonce tout droit, lança Loïc, nerveux. À l'heure qu'il est, ils ont dû nous griller. Ils vont envoyer leurs limiers.

— Loïc a raison. Même si l'infirmière ne nous a pas vus à l'entrée, il doit y avoir des rondes ou des visites pendant la nuit.

— On a mis les mannequins, quand même.

C'était une idée de Julien. Il s'était rappelé un reportage sur la prison d'Alcatraz dont il était prétendument impossible de s'échapper. Plusieurs détenus y étaient néanmoins parvenus en creusant un tunnel à la petite cuillère derrière la cuvette de leurs W.-C. Pour donner le change pendant la nuit, ils avaient roulé leurs vêtements en boule dans leurs lits, d'où dépassaient de fausses têtes en papier mâché. Julien, Loïc et Magali s'étaient contentés de leurs édredons pour faire croire qu'ils dormaient paisiblement. Cela avait peu de chance de fonctionner.

— De toute façon, au mieux, ils s'en rendront compte demain matin. Si on reste ici, ils vont nous trouver.

— D'accord… alors on part où ?

— On n'a pas vraiment le choix, j'ai l'impression.

En effet, le village était bâti à flanc de colline et desservi par une unique route qui s'enfonçait vers le fond de la vallée.

— Qu'est-ce que vous attendez ? lança Loïc en accélérant le pas. Et rappelez-vous : si vous voyez des lumières au-dessus de vos têtes, c'est des drones de surveillance militaires. Alors vous vous planquez ! Si mes théories sont exactes, ils n'hésiteront pas à tirer.

Ils s'engagèrent dans la rue principale qui serpenta quelques centaines de mètres entre les maisons avant de se noyer dans l'obscurité. Alors qu'ils quittaient les dernières lueurs du village, la route se transforma en une étroite bande de goudron bordée de champs et de bosquets d'oliviers, leurs silhouettes tordues se découpant comme des spectres dans le ciel nocturne. Le vent s'intensifia, chuchotant à travers les branches la mélodie sinistre d'une nature indifférente à leur sort. Julien menait la marche, ses pieds claquant contre le sol irrégulier. Magali suivait, les épaules crispées par la fraîcheur de la nuit. Loïc se tenait à l'arrière-garde et scrutait les environs comme une bête à l'affût d'un danger.

Peu à peu, le village s'estompa derrière eux jusqu'à n'être qu'un lointain souvenir. Ils étaient seuls, réduits à des ombres fugitives, des fantômes sans passé. Le visage de Chloé apparut brusquement dans la tête de Julien. Elle se dressait face à lui, assise à la table de leur maison dans sa magnifique robe jaune. Elle lui souriait en murmurant qu'elle l'aimait. Puis, en observant mieux cette image que son esprit venait de créer, il remarqua qu'elle pleurait. Des larmes de joie ? Non, à bien y regarder, Julien lisait la tristesse dans ses yeux. *Elle est en danger ! Il faut que tu la sauves. Et Vite !* Soudain, une forme inquiétante surgit de l'ombre. Un vieux chêne tombé sur le côté. Son énorme tronc évoquait la silhouette d'un géant endormi, ses branches noueuses s'étiraient dans leur direction comme pour les saisir. Un frisson lui parcourut l'échine. On les avait retrouvés errant dans une forêt. La nature serait-elle leur alliée ou leur tombeau ?

Il accéléra le rythme et entendit les jurons de Magali. Elle meurtrissait ses pieds nus un peu plus à chaque pas. La route semblait interminable, un serpent d'asphalte ondulant dans l'abîme. Le doute commença à s'installer en lui. À quoi bon cette odyssée nocturne ? Pourquoi se battre ? Ne serait-il pas plus simple de retrouver le confort de son lit ? Le confort de l'oubli ? C'est alors qu'une lueur apparut au loin. Julien s'arrêta, vite rejoint par les autres, et Loïc huma l'air tel un loup.

— Ça pue l'essence.

En effet, le vent charriait des effluves laissant peu de doutes sur ce qui les attendait.

— Ça doit être un garage.

— Il serait fermé à cette heure, je dirais plutôt une station-service.

Loïc avait raison. À mesure qu'ils se rapprochaient, ils distinguèrent l'enseigne clignotante et la forme des pompes.

— On y va ? questionna Magali. J'ai super soif.

— On n'a rien de mieux à faire, non ?

Et ils avancèrent comme des papillons de nuit, irrésistiblement attirés par la lumière criarde des néons.

8

C'était une vieille station-service dont les deux pompes, déglinguées et silencieuses, se dressaient telles des reliques d'un autre âge. À côté de l'une d'elles, une Harley-Davidson noire attendait son propriétaire. L'odeur d'essence imprégnait l'air et le sol marqué de multiples taches de carburant. L'enseigne grésillait à un rythme régulier, zébrant la façade de lumières stroboscopiques. Un panneau *Ouvert 24/24* pendait au bout d'une chaîne que le vent faisait se balancer dans un cliquetis de métal désagréable. La vue de l'intérieur était obstruée par la saleté accumulée sur les fenêtres, mais ils devinèrent les contours flous d'une boutique. Julien s'arrêta un instant, hésitant sur la suite des opérations.

— On entre ?

Magali, les bras croisés sous la poitrine, resta à une distance prudente.

— C'est glauque, cet endroit. Ça me fout la chair de poule…

— Je ne vois pas en quoi c'est glauque, objecta Julien. C'est juste une station-service.

Loïc s'approcha des pompes pour examiner la Harley avec un mélange de respect et d'envie.

— J'ai l'impression que cette bécane pourrait nous être utile.

— Ah oui ? Pourquoi ? On ne peut pas monter dessus tous les trois et on ne va pas la voler de toute façon.

Loïc ne répondit pas. Il se contenta de s'accroupir pour ramasser un tournevis abandonné sur le sol et le glisser dans la poche de son short.

— Faut qu'on entre, on trouvera peut-être un truc qui nous aidera à comprendre où nous sommes exactement. Une carte, un annuaire, quelque chose...

— Et si c'est un piège ? S'il y a quelqu'un qui nous attend à l'intérieur pour nous ramener...

Loïc se tourna vers la jeune femme, un sourire en coin.

— Alors on les surprendra à notre tour. On n'a pas vraiment le choix, Mag.

— On entre, on cherche vite et on ressort. Et on reste ensemble quoi qu'il arrive, dit Julien d'une voix ferme.

Magali prit une profonde inspiration avant d'acquiescer de la tête et ils se dirigèrent vers l'entrée.

— Et déconne pas avec le truc que t'as ramassé, Loïc, rajouta Julien pas totalement rassuré.

Celui-ci haussa les épaules et glissa une main dans sa poche pour triturer la pointe en acier du tournevis. La porte de la station-service s'ouvrit dans un grincement de métal rouillé et une sonnerie électronique de cloche. Ils pénétrèrent dans un local étroit. À l'intérieur, des étagères couvertes de produits divers allant des snacks aux accessoires automobiles, des portiques sur lesquels s'étalaient des magazines – principalement pornos –, un frigo éclairé au néon rempli de canettes et de bouteilles de vin. Il y avait même une petite table où trônaient une machine à café, quelques gobelets, un flacon jaune de moutarde et une sorte de bocal d'où émergeaient des saucisses rosâtres.

Près de l'entrée, derrière un comptoir encombré de barres chocolatées et autres sucreries, un jeune pompiste les observait. Il devait avoir tout juste la vingtaine. Des cheveux longs s'échappaient en mèches indisciplinées de son bonnet noir. Il portait un tee-shirt *Dagoba* et les traits fins de son visage étaient éclairés par la lumière bleutée d'un écran d'ordinateur d'où provenaient les accords stridents d'un morceau de heavy metal. Sur leur droite, un biker à la barbe blanche semblait en pleine contemplation devant les bouteilles d'alcool, engoncé dans un gilet en cuir usé estampillé d'un aigle et recouvert de patchs et d'écussons. Ses yeux se détournèrent un instant du whisky pour évaluer les nouveaux venus. Un ventilateur tournait dans un coin, son bourdonnement régulier se mêlant aux grésillements désagréables du frigo.

— J'peux vous aider ? demanda le gamin en les fixant avec un air suspicieux.

— Bonjour… euh… Est-ce que vous avez un plan de la région ?

— Ouais. Vous trouverez ça là-bas. Y a une sorte de topo-guide, *Les Dix plus belles randonnées du parc*, ou un truc du genre.

— Merci beaucoup, répondit Julien en se rendant dans la direction indiquée.

Le biker jeta son dévolu sur une bouteille et se traîna vers le comptoir.

— J'vais t'prendre ça et le plein… et file-moi un Millionnaire aussi.

Julien fouilla dans une pile de livres posée de façon anarchique sur une étagère et finit par trouver le fameux guide : *Parc national des vallons du Mistral.* Magali vint le rejoindre et ils échangèrent un regard complice. Sur le côté, une série de cartes postales entassées dans un présentoir tournant attira son attention.

— C'est joli, dit-elle en lui tendant l'image idyllique d'un paysage méditerranéen où l'eau bleu azur se mariait avec un ciel sans nuages. On dirait une autre vie…

Julien prit la carte et l'observa, un sourire mélancolique sur les lèvres.

— Tu as raison. On pourrait presque sentir la chaleur du soleil et le goût du sel sur la peau juste en la regardant.

Au comptoir, le biker gratta son ticket de jeu. *Perdu.* Il grogna quelque chose dans sa barbe et fouilla la poche arrière de son jean élimé à la recherche d'un portefeuille.

Quand Julien reposa la carte sur le présentoir, une autre image le frappa. C'était un immense champ de lavande, s'étendant jusqu'à une petite chaîne de montagnes, surmontée par un ciel bleu profond. Sur le côté, un vieux moulin en pierre se dressait, ses larges pales blanches immobiles. Cette scène lui fit l'effet d'un mur qu'il aurait percuté à grande vitesse. Son cœur se mit à battre plus fort et une sensation de vertige le fit vaciller sur ses jambes. Cet endroit… il le connaissait. Il le connaissait bien, même. Il le voyait tous les matins de sa fenêtre. Il saisit la carte pour se rendre au comptoir.

— Où est-ce exactement ? questionna-t-il d'une voix étranglée par l'impatience.

Le pompiste leva la tête vers lui avec étonnement.

— Ça ? C'est pas très loin d'ici... à quelques kilomètres au nord. Le vieux moulin de la colline Saint-Victor. C'était un spot touristique assez populaire avant... mais moins depuis qu'ils ont construit les lotissements.

Julien se retourna vers Magali et Loïc, les yeux brillants d'excitation.

— C'est là que j'habite ! C'est là qu'on doit aller.

— T'es sûr ? C'est pas encore un piège ? demanda Loïc en haussant les sourcils.

— Non, c'est important. Il faut qu'on y aille tout de suite, coupa Julien en serrant la carte et le guide contre lui.

— D'accord, dit Magali en lui souriant. On y va ensemble.

C'est alors qu'ils remarquèrent les visages des deux hommes. Le biker avait la bouche entrouverte et un air ahuri.

— Ça va, petit ? questionna-t-il de sa voix rauque.

De l'autre côté de son comptoir, le gamin semblait beaucoup plus inquiet.

— Vous voulez prendre ce bouquin ? Vous avez de quoi le payer ?

Loïc, sentant le changement d'atmosphère, se rapprocha légèrement de Julien alors que Magali jetait des regards autour d'elle comme pour évaluer la situation et envisager une fuite.

— On n'a pas d'argent..., dit Julien en fouillant ses poches.

— Eh bien, c'est pas gratuit. Faut le reposer, m'sieur.

Loïc prit la parole d'une voix inhabituellement calme.

— On ne veut pas d'ennuis, OK ? On va partir tranquillement.

Et il glissa sa main dans sa poche. Les deux hommes se figèrent. Quelque chose avait changé dans leur regard. Julien crut y discerner de la peur. Loïc brandissait désormais son tournevis.

— Déconne pas, petit, dit le vieux en reculant.

— Ils sont avec *eux*, Julien, tu le vois maintenant, déclara Loïc.

— Faut qu'on se tire, gémit Magali de la voix désespérée qu'il lui avait entendue dans le couloir de l'hôpital.

Le gamin avait attrapé son téléphone portable, il composait un numéro. Loïc réagit au quart de tour et le lui arracha des mains d'un geste vif, avant de l'envoyer s'écraser contre un mur.

— T'appelles les flics, c'est ça... Tu veux nous balancer, petit con ! hurla-t-il en pointant le tournevis dans sa direction.

— Calme-toi..., dit le motard en battant en retraite vers le fond de la boutique. Faut pas déconner avec ce genre de surin... range ton barzinc.

— J'range rien du tout... Vous nous laissez partir ou j'vous plante.

— Arrête, Loïc ! coupa Julien en se rapprochant de la sortie. On va tous se calmer. Je suis désolé... je n'ai pas d'argent mais je reviendrai vous payer. Il me faut ce livre et cette carte... vous comprenez ?

Le gamin acquiesça de la tête comme un pantin en les regardant quitter la boutique. La porte de la station-service claqua dans un tintement de sonnette électronique alors que les trois fugitifs disparaissaient à nouveau dans la nuit.

9

Julien avança d'un pas rapide en direction du nord. Ils n'avaient pas échangé un mot depuis leur départ de la station-service, car la manière dont Loïc avait sorti son tournevis pour menacer tout le monde l'inquiétait au plus haut point. Après tout, il ne savait quasiment rien de ses camarades, et l'idée de se balader avec une brute armée, gonflée à la testostérone et aux théories conspirationnistes lui donnait l'impression de tenir entre les mains un bâton de dynamite.

Après une demi-heure à suivre la route, ils arrivèrent à une intersection. Sur le côté, une route départementale plus étroite s'élevait en pente douce le long d'une colline. De part et d'autre, broussailles et arbustes griffaient les bords du bitume, et un panneau *Moulin Saint-Victor* s'en extirpait avec difficulté. Julien bifurqua sans réfléchir, redoublant d'efforts pour grimper le plus rapidement possible vers ce qu'il sentait être la prochaine étape de leur voyage. Magali peinait à suivre ; elle boitillait, hésitant à chaque pas pour ne pas abîmer davantage ses pieds nus. Julien s'arrêta le temps qu'elle le rejoigne et lui donna sa paire de tongs deux fois trop grandes. Elle lui sourit avec un regard doux et, une fois encore, le visage de Chloé se superposa au sien. – *Merci, Julien, tu es un amour…* Était-ce sa voix ou celle de sa femme ? Avait-elle prononcé ces mots ? Difficile de le dire.

À l'arrière, Loïc s'agitait, scrutant l'obscurité en triturant l'arme qu'il dissimulait toujours dans sa poche.

— C'est par ici, dit Julien en reprenant son ascension.

— Et comment tu peux le savoir ?

— Je le sais, c'est tout.

— Tu penses qu'on sera en sécurité vers ce moulin ? questionna Magali en cherchant un peu d'assurance dans ses yeux.

— Oui. J'habite là-haut.

Ils progressèrent le plus rapidement possible, leurs pas réguliers martelant le goudron froid. À mesure qu'ils grimpaient, des champs de lavande apparurent à la lueur de la lune. Leurs rangées ordonnées ondulaient à chaque souffle du vent comme une vague sur un océan pourpre. Une chaîne de montagnes se découpa à l'horizon et Julien aperçut la silhouette familière du moulin. Il se dressait, plus imposant qu'il ne l'avait imaginé, ses ailes dessinant une croix sombre sur le ciel étoilé. Sur le côté de la route, les lotissements émergèrent de l'obscurité. Des maisons sans saveur, collées les unes aux autres, leurs fenêtres noires tournées vers ce paysage de conte provençal. Elles se tenaient là, muettes et immobiles, succession de façades ternes auxquelles seuls les volets apportaient une touche de couleur.

Soudain, l'aboiement rauque d'un chien fit sursauter Magali. Ils marquèrent un temps d'arrêt de peur d'être découverts. À nouveau, Julien sentit quelque chose s'extirper de sa mémoire abîmée. Cet aboiement, il le connaissait. Il le connaissait bien même. C'était celui du molosse de son voisin. M. Beltran ou Beltram… quelque chose comme ça. Loïc avait sorti le tournevis dont il serrait le manche dans son poing fermé.

— Il va nous griller, ce clébard.

— Non… fais-moi confiance. D'où ça vient, à votre avis ?

— D'en face, répondit Magali en pointant une direction.

— Mais pourquoi on irait se jeter dans la gueule de cette saloperie ? Tu veux nous faire prendre ou quoi ?

— Calme-toi, Loïc. Je connais ce chien, on y est presque.

Les aboiements redoublèrent à mesure qu'ils s'approchaient, menaçant de révéler leur présence.

— J'vais le faire taire, lâcha Loïc, les mâchoires crispées, tout en triturant son tournevis.

— Non ! On est arrivés. C'est ici, dit Julien pour le calmer.

Le groupe s'arrêta devant un des pavillons situés juste dans l'axe du moulin. Guidé par un souvenir de plus en plus précis, Julien enjamba la petite clôture délimitant l'étroit jardinet sans arbres ni végétation, dont le sol en gravier lui abîma la plante des pieds.

— Qu'est-ce que tu fais ? questionna Magali en le voyant se pencher pour retourner le paillasson.

— J'ai planqué une clé quelque part. Je ne me rappelle plus où exactement, mais je suis sûr qu'elle est là. Donnez-moi un coup de main.

Sous la lueur incertaine de la lune, ils commencèrent à fouiller les environs. Les buissons, les pots de fleurs, la boîte aux lettres, rien n'échappa à leur inspection. Finalement, sous une vieille jardinière renversée, les doigts de Julien rencontrèrent le métal froid d'une clé.

Avec un soupir de soulagement, il se redressa et fit signe aux autres de le suivre. C'est alors qu'une lumière jaillit de l'une des fenêtres de la maison mitoyenne. Le chien avait trahi leur présence pour de bon. Les trois compagnons se figèrent comme des statues, leurs ombres s'étirant sur le sol.

— Merde, chuchota Loïc, le regard fixé vers la maison. J'aurais dû m'occuper de cette saloperie de clébard.

Ils restèrent là, incapables d'agir alors que la silhouette d'un homme passait derrière les voilages puis ouvrait la fenêtre, avant de hurler d'une voix grave :

— Tao, tais-toi ! Chuuuuuutttt ! Va te coucher… Tao !!!!

La bête arrêta immédiatement d'aboyer et Julien l'entendit trottiner vers ce qu'il imagina être une niche. L'homme tourna son visage vers eux et leur jeta un regard étonné.

— C'est foutu ! grommela Loïc. On va retourner à l'hôpital. C'est mort.

Le voisin fit un geste de la main, accompagné d'un sourire désolé. Julien lui rendit son salut amical et la lumière s'éteignit.

— Comment t'as fait ça ? questionna Magali.

— Comment j'ai fait quoi ?

— Le type… il t'a juste regardé comme si de rien n'était.

— Bah, c'est mon voisin. Il me connaît forcément. Il a dû croire que j'étais sorti à cause du chien.

Loïc le scannait avec ses yeux bleus, visiblement méfiant.

— Tu nous dis toute la vérité, Julien ? T'es pas avec… *eux* ?

— Non, Loïc, je ne suis pas avec eux. On peut y aller maintenant ?

Et il leur fit signe de le suivre alors qu'il insérait la clé dans la serrure. La porte s'ouvrit sans difficulté et ils se glissèrent à l'intérieur, enveloppés par l'obscurité.

10

Julien tâtonna le long du mur pour trouver l'interrupteur et éclairer un salon sobrement meublé. Un canapé en tissu beige, une petite bibliothèque bien remplie, une table basse encombrée de magazines et d'un cendrier à moitié plein. Loïc et Magali entrèrent avec précaution, leurs regards balayant les environs avant de s'attarder sur une photo encadrée, posée sur une étagère.

— Pas de doute, c'est bien ta maison ! lança Magali en lui tendant le cliché.

Sur l'image, il avait une dizaine d'années de moins, il portait une toge et une toque de doctorant. Il avait l'air heureux. Dans le coin en bas à droite, il était écrit : *École supérieure d'ingénieurs (ESI). Promotion 2014.*

— Dis donc, on dirait que t'es une tronche, commenta Loïc avec un sourire énigmatique.

— On dirait, oui…

Au fond de la pièce, un bureau en bois massif sur lequel trônait un ordinateur attira son attention. Il passa la main sur le clavier, appuya sur le bouton d'alimentation et le moniteur s'illumina, révélant l'écran d'accueil : le visage d'une femme.

Sa peau pâle, ses cheveux sombres, ses traits délicats. Elle souriait.

— Chloé, dit-il d'une voix pleine d'émotion.

— Chloé ? répéta Magali. Qui est-ce ?

— Ma femme...

— Tu es marié ? Tu ne portes pas d'alliance.

— Je viens juste de me marier... Mais on nous a tout pris.

Une terrible angoisse commença à lui serrer la poitrine alors que des images diffuses émergeaient dans sa mémoire. Chloé se tenait avec lui, dans une pièce, quelque part. Ils se regardaient, tristes tous les deux. Eux qui s'aimaient tellement – l'amour au premier instant. Et puis il la voyait, recroquevillée contre le côté d'une baignoire, le visage en sang.

— On lui a fait du mal. Il faut que je la retrouve.

— Qui ça, *on* ? interrogea Loïc, les sourcils froncés.

— Je ne sais pas...

Des icônes de notifications clignotaient avec insistance dans sa barre de tâche et il cliqua sur la boîte de réception, révélant une série d'e-mails plus inquiets les uns que les autres, signés d'un dénommé Vic. « T'es où ? » « Faut qu'on se capte, mec. C'est urgent ! » « Tu ne veux plus me parler ? » « Il se passe quelque chose ? » « J'ai vu les infos à la télé ! Putain, mais c'est pas possible ! »

— C'est qui, ce Vic ? Il a l'air de bien te connaître.

Malgré ses efforts, Julien ne parvenait pas à invoquer le moindre souvenir le concernant.

— Aucune idée. En tout cas, les premiers messages sont arrivés il y a presque une semaine... et il me semble que le docteur Alhaire a expliqué qu'on était à l'hôpital depuis trois jours.

— Ce gars est un serpent, fit remarquer Loïc. Il a très bien pu nous mentir. On peut être en stase depuis des mois. Des années, même. Tout ça n'existe pas, Julien, on est dans la matrice. La putain de matrice. Vous avez l'air d'oublier ça, mais tout ce qu'on vit en ce moment n'est pas réel ! Ce monde est factice, un leurre.

Magali posa sa petite main sur l'épaule de Loïc pour le calmer et il fit brusquement volte-face vers le salon pour aller se vautrer sur le canapé. Julien eut un soupir d'agacement en réaction aux délires incessants de son compagnon. Il inspecta le désordre régnant sur son bureau et remarqua un coin de papier qui dépassait d'une pile de documents. C'était une carte IGN pliée avec soin, qu'il déploya complètement, révélant un plan topographique de la région. Ses yeux s'écarquillèrent en suivant les contours d'une zone que quelqu'un avait délimitée au marqueur rouge : la forêt de la Treille. Julien passa un doigt sur la ligne de feutre qui serpentait à travers les étendues boisées.

— C'est moi qui ai noté ça..., murmura-t-il.

— Il y a quoi là-bas ?

— Je ne sais pas, Mag... quelque chose d'important. Regarde...

Il pointa une croix noire tracée quelque part dans cet immense domaine forestier.

— Il faut qu'on aille à cet endroit.

— Mais c'est au milieu de nulle part, objecta Magali.

— Alors pourquoi j'aurais fait une marque ? Il y a forcément une raison.

Loïc, qui avait observé la scène en silence, lança depuis le canapé :

— On n'a pas le temps pour les chasses au trésor. On doit se concentrer sur notre survie.

Et il se pencha pour attraper un magazine aux pages écornées. Sur la couverture, une caméra à l'allure futuriste dont l'objectif était entouré de trois diodes rouges. À l'intérieur, des schémas de circuits et de dispositifs électroniques.

— Je pense que cette forêt est la clé de notre mémoire, insista Julien. Ça ne vous rappelle rien, à vous ?

— Rien du tout…

— Moi, je sens que c'est un piège, jeta Loïc. On ne va quand même pas retourner se jeter dans la gueule du loup ? Vous êtes vraiment des nazes, tous les deux.

Julien plia la carte et voulut la mettre dans la poche de son jean, mais la couture lâcha d'un coup.

— Bon, j'ai une idée, dit-il.

Il prit Magali par la main, la mena à travers le salon et s'engagea dans un couloir étroit dont la moquette épaisse absorbait le son de leurs pas. Il s'arrêta devant la porte d'une pièce, entra en allumant la lumière et découvrit une chambre dont le lit était défait et les draps froissés.

— On dirait que quelqu'un a dormi ici récemment, remarqua Magali.

— Oui… je pense qu'il s'est passé quelque chose il y a une semaine.

— Genre quoi ?

— J'ai aucun souvenir précis, mais j'ai la sensation qu'on a enlevé ma femme.

Julien s'approcha d'un placard intégré dans un mur et fit coulisser les battants, révélant un espace parfaitement organisé de vêtements suspendus et de tiroirs.

— Dis donc… t'as l'air d'aimer le rangement…

— On dirait, répliqua-t-il en fouillant à l'intérieur. Je vais voir si je peux te filer des fringues de Chloé.

Il sortit un jean, une chemise en coton, plusieurs pulls et un pantalon de jogging.

— Je pense qu'on va pouvoir abandonner nos frusques.

Tout en bas de l'armoire, une série de boîtes impeccablement alignées contenaient plusieurs paires de chaussures. Julien attrapa des baskets quasi neuves qu'il lui tendit.

— Ce n'est pas ta pointure, mais tu auras moins mal aux pieds qu'avec ces tongs.

Pour lui, il choisit une chemise à carreaux, un pantalon en toile et des chaussures de randonnée.

— C'est drôle, j'ai l'impression de voler ces vêtements alors que ce sont les miens.

C'est alors que la sonnerie d'un téléphone interrompit brusquement ses recherches. Loïc déboula dans la chambre, le visage en alerte. Ils le suivirent jusqu'au bureau où se trouvait un combiné posé sur un socle. Au bout d'une dizaine de secondes, un message s'enclencha et Julien entendit sa propre voix répondre : « Bonjour, vous êtes bien chez moi et maintenant c'est à vous… »

Après un court silence, une voix bien trop familière emplit la pièce :

— Allô, vous m'entendez ? C'est le docteur Alhaire. Est-ce que vous êtes là ? La police a découvert votre identité. C'est elle qui m'a donné ce numéro… Si vous êtes là, décrochez. C'est très important…

Ils échangèrent un regard apeuré et Loïc fit non de la tête.

— Ils sont en route pour votre domicile. Il est *impératif* que vous reveniez immédiatement à l'hôpital. C'est pour votre sécurité.

Le message s'interrompit par un bip final, laissant peser un silence lourd dans le salon.

Julien se passa une main sur le visage, des sueurs froides lui donnèrent l'impression qu'il avait de la fièvre.

— On se casse ! hurla Loïc en se dirigeant vers la fenêtre pour vérifier s'il n'était pas déjà trop tard. Ils vont arriver, il faut se tirer. MAINTENANT !

Magali prit la main de Julien dans la sienne.

— Allez, viens. On ne va pas abandonner. Pense à Chloé. Ta femme, tu vas la sauver.

Julien hocha la tête.

— Tu as raison. On part tout de suite. On va à la forêt de la Treille, c'est là qu'on trouvera nos réponses.

Ils rassemblèrent rapidement vêtements, chaussures et tout ce qui pouvait leur être utile. En quittant les lieux, Julien jeta un dernier regard sur sa maison avec l'étrange sentiment qu'il ne la reverrait jamais.

11

Après plusieurs heures de marche qui leur semblèrent une éternité, ils atteignirent enfin l'entrée du parc national des vallons du Mistral. Le ciel commençait doucement à s'habiller de couleurs pastel, annonçant le lever du jour. La pénombre se dissipait, révélant les détails du paysage. D'immenses collines couvertes de pins frémissaient sous la caresse du vent, qui s'écoulait à travers les branches comme la respiration d'une bête endormie.

Devant eux, la limite du domaine était établie par un panneau vieilli où ils aperçurent une carte à peine lisible. Un portail en bois massif barrait la route aux voitures et ils le contournèrent afin de pénétrer à l'intérieur du parc. Julien s'arrêta un moment pour regarder l'horizon s'éclaircir. Quelque part dans cette forêt se trouvaient les réponses à ses questions et, par-dessus tout, Chloé, sa femme, son amour. Il le sentait aussi puissamment que les effluves de la garrigue. Magali, ses cheveux ébouriffés par le vent, se tenait à ses côtés, observant la lumière qui dansait sur les feuilles des arbres. Elle frissonna, les bras collés contre sa poitrine dans une vaine tentative de capturer un peu de chaleur. Les rayons du soleil n'avaient pas encore dissipé la fraîcheur de la nuit. Loïc, les yeux plissés, examinait la carte récupérée chez Julien.

— Faut qu'on marche vers le nord. Mais vu l'échelle de cette carte, c'est pas évident de retrouver l'endroit que tu as marqué. Par contre, on dirait qu'il y a une maison forestière, pas très loin d'ici.

— On devrait peut-être s'y arrêter pour demander de l'aide ? proposa Magali.

— Et si les flics ont appelé le gardien ? répondit Loïc.

— Pourquoi ils auraient fait ça ? Ils nous cherchent certainement ailleurs, dans le secteur du moulin.

Après s'être mis d'accord, ils s'engagèrent sur un sentier étroit. La terre sous leurs pieds était sableuse et recouverte d'aiguilles formant un tapis épais dans lequel ils avaient la sensation de s'enfoncer. Julien menait la marche, guidant ses camarades dans le labyrinthe de vieux pins et de sous-bois. À mesure que le jour grandissait, des taches de lumière commencèrent à apparaître comme des îlots tout autour d'eux. Le brun terreux et le vert des feuillages s'harmonisèrent avec les nuances argentées des troncs. Ils entendirent un sifflement clair et mélodieux résonner quelque part. Un merle, dont le chantonnement ressemblait aux notes d'une flûte annonçant le début d'un concerto de gazouillements. La nature s'éveillait dans toute sa beauté et Julien sentit son cœur plus léger.

Ils progressèrent pendant près d'une heure avant de découvrir la silhouette d'un chalet en bois dans une petite clairière au milieu des arbres. C'était une maison forestière, rustique et robuste, illuminée par les rayons du soleil perçant entre les arbres. Un filet de fumée s'échappait de la cheminée, signe que le gardien, ou qui que ce soit d'autre, était probablement là, luttant contre la fraîcheur matinale. Ils s'arrêtèrent, hésitant sur la marche à suivre. Le vent continuait de faire bruisser les branches, masquant leur présence.

— On rentre et on explique qu'on est de simples randonneurs, proposa Julien avec assurance. Loïc, tu lui montres la carte et l'emplacement de la croix, et on verra bien si ça lui évoque quelque chose…

— Et si ça le met sur la trace ? répondit-il en serrant la mâchoire.

— Sur la trace de quoi ?

— De notre évasion. Tout le monde doit être au courant à l'heure qu'il est. T'as jamais entendu parler de l'esprit de ruche ? Une de ces saloperies de non-terrestres sait quelque chose et ça se transmet à toute la colonie.

— Ce sont juste des gardes forestiers, ils ne travaillent pas avec la police, encore moins avec l'hôpital.

La jeune femme lança un regard furtif vers le chalet, fronçant les sourcils avec une moue angoissée.

— Magali, qu'est-ce qui ne va pas ?

Elle leva les yeux vers lui avec inquiétude.

— Je ne sais pas, c'est juste que… j'ai l'impression qu'il va se passer quelque chose de terrible dans cette forêt.

Julien ne répondit pas. Ces mots résonnèrent en lui, ravivant la peur qu'il avait ressentie en se réveillant à l'hôpital. Il jeta un coup d'œil par-dessus son épaule vers le chemin qu'ils venaient d'emprunter, mais nulle menace ne semblait vouloir troubler la tranquillité des lieux. Julien s'approcha alors du chalet comme pour prouver à ses camarades qu'ils ne risquaient rien. Lorsqu'il atteignit la porte, une rafale de vent plus violente que les autres fit plier les troncs en un murmure étrange et lugubre. Julien frappa plusieurs fois, son cœur battant la chamade. Il entendit la voix grave d'un homme de l'autre côté de la porte, puis le loquet glissa lentement pour s'ouvrir.

12

L'homme qui se tenait sur le perron avait une soixantaine d'années. Ses cheveux clairsemés étaient tirés en arrière, révélant un front haut et des yeux vifs. Il avait le teint hâlé des gens qui passent leurs journées à l'extérieur et portait une chemise à carreaux aux manches retroussées sur un sous-pull en laine. Il le regarda, un sourire bienveillant se dessinant sur ses lèvres.

— Bonjour, dit-il d'une voix rauque mais chaleureuse. Je peux vous aider ?

Julien hocha la tête pour le saluer.

— Bonjour… Je suis parti tôt ce matin pour découvrir le massif. Il y a un endroit où je voudrais aller, mais j'ai du mal à me repérer. Je me suis dit que peut-être vous pourriez m'indiquer quelle direction prendre.

Le garde l'observa longuement et Julien vit ses sourcils broussailleux s'incliner comme s'il hésitait.

— Venez… j'ai une carte à l'intérieur, finit-il par répondre en leur faisant signe d'entrer.

Le parquet en lattes épaisses craqua sous leurs pieds et ils le suivirent jusqu'à une grande pièce aux murs ornés de photos et d'étagères encombrées de livres dont les couvertures évoquaient la faune et la flore locale. En s'avançant, ils furent enveloppés par la chaleur et le crépitement apaisant d'un poêle situé dans un coin. L'air était chargé d'un parfum de résine et de l'arôme subtil du café récemment moulu.

Au centre du salon trônait une table en bois massif sur laquelle étaient éparpillés quelques carnets, une paire de jumelles et un mug fumant à côté d'un journal. Le soleil du matin filtrait en larges rayons à travers les volets, baignant la pièce d'une lumière douce. Le garde forestier les conduisit jusqu'à un mur où une grande carte en relief était accrochée. Bien que dépouillée de toute indication écrite, sa précision topographique était à couper le souffle.

— Alors où est-ce que vous souhaitez vous rendre ? questionna-t-il en posant une main contre le mur.

Julien fit signe à Loïc de lui présenter la carte.

— Ici… vous voyez cette croix.

— Ah oui… c'est dans la partie qu'on appelle forêt de la Treille. C'est pas à côté… et y a pas mal de dénivelé.

Les doigts du garde glissèrent sur la surface jusqu'à atteindre une zone montagneuse.

— C'est ici, tout autour du pic de la Moutte.

— Et la croix, ça peut correspondre à quoi ? lança Loïc d'une voix rauque.

Le visage de l'homme s'assombrit, comme si quelque chose le dérangeait. Il reprit sur un ton moins chaleureux.

— Euh… je ne sais pas… Il n'y a pas grand-chose là-bas… c'est une forêt.

— Vous en êtes certain ? commenta Magali, presque suppliante.

Le garde recula d'un pas.

— À part les ruines.

— Les ruines ? Quelles ruines ?

— Celles de l'ancien sanatorium. Mais elles sont abandonnées et dangereuses. C'est pas là-bas que vous voulez aller ?

Ils se regardèrent sans pouvoir répondre à cette question. Ils n'avaient aucune idée d'où devait les mener cette petite expédition.

— Si, c'est à cet endroit. C'est exactement là, dit enfin Julien d'un ton ferme.

Là encore, il laissait parler son instinct.

— Eh bien, si j'étais vous, j'éviterais. Il y a déjà eu des accidents dans ce coin, beaucoup. Des gamins qui s'amusent à explorer les ruines et qui chutent à travers le plancher. De toute façon, la zone est interdite.

— Il doit bien y avoir un moyen d'entrer, dit Loïc en se rapprochant.

— Vous m'avez entendu, non ? C'est interdit.

Magali se colla contre Julien et lui saisit la main. Il comprit qu'elle lui faisait signe de partir.

— On ne va pas vous déranger plus longtemps. Merci pour vos précieux conseils. On y va ?

Loïc fixait toujours l'homme avec des yeux de braise, la mâchoire crispée.

— Tu viens, Loïc ? On retourne en forêt… la route sera longue.

Après un moment d'hésitation, il finit par les rejoindre. Ils avaient presque atteint le seuil lorsque le garde forestier les arrêta.

— Une minute… C'est pas vous le gars qu'on a retrouvé la semaine dernière ? demanda-t-il à l'adresse de Julien.

— Je ne comprends pas. Non, je ne suis jamais venu ici.

— Si, si, ça y est, je vous remets. C'est vous !

Et il se dirigea vers le poêle pour fouiller dans une pile de journaux à côté de sa réserve de bûches.

— Voilà ! dit-il avec enthousiasme en pointant la une d'une ancienne édition de ce qui semblait être une feuille de chou locale.

Julien y aperçut son visage, les yeux hagards, et le titre énorme : *Qui est cet homme ?*

— Je me disais bien que je vous avais déjà vu. Qu'est-ce que vous faites là ? Vous n'êtes pas censé être à l'hôpital ?

Le vieil homme mit la main dans une des poches de sa chemise pour en sortir un téléphone portable.

C'est alors que Julien aperçut la silhouette qui se tenait juste derrière lui. Loïc était revenu à l'intérieur avec la discrétion d'un chat. En un éclair, il brandit son tournevis et le planta dans les reins du garde forestier qui émit un hurlement de surprise avant de s'effondrer sur le plancher. Julien se précipita pour l'aider, mais comprit qu'il était déjà trop tard. Loïc se tenait là, les mains couvertes de sang, les yeux froids comme ceux d'un prédateur.

— Laisse-le crever, Julien. Il nous aurait balancés, de toute façon.

Julien sentit une colère immense l'envahir et se releva d'un coup pour faire face au colosse.

— Qu'est-ce qui t'a pris ? Il n'allait rien faire du tout ! C'est juste un pauvre gars ! Tu te rends compte qu'il va peut-être mourir ? Faut appeler les urgences.

Mais Loïc anticipa son action et écrasa de plusieurs coups de talon le téléphone portable qui avait glissé sur le plancher. L'écran explosa et des éclats de composants électroniques se déversèrent sur le sol. Julien le regarda, les yeux injectés de sang, les muscles tétanisés par la rage. Ses poings se contractèrent à s'en briser les doigts. Il allait frapper ce joli menton d'Action Joe, lui péter la mâchoire, lui démonter le nez et transformer sa petite tronche de beau gosse en bouillie de chair sanguinolente.

— T'es qu'un trouillard de merde, dit Loïc en esquissant un sourire narquois.

Et il fit demi-tour pour quitter le chalet, laissant Julien impuissant, planté là avec sa rage.

13

Leur fuite – car il n'y avait plus d'autre manière de décrire leur périple – dura des heures. Ils coururent entre les troncs, s'arrêtant à peine pour reprendre leur souffle. La colère qui avait animé Julien dans un premier temps s'était transformée en une sorte de haine froide envers ses camarades d'infortune. Il avait espéré qu'ils étaient proches, qu'ils partageaient la même volonté de comprendre leur situation, mais il s'était amèrement trompé. Loïc venait de suriner un pauvre gars dans sa maison, il l'avait abandonné à sa mort et Magali le suivait sans poser de questions.

Un doute insupportable s'insinua en lui à mesure qu'ils s'enfonçaient dans la forêt. Et s'il faisait équipe avec deux fous ? Des malades mentaux échappés de l'asile, des sociopathes incapables de la moindre empathie ? Ou pire, des tueurs psychopathes... Le visage du vieux, les lèvres gorgées de sang noir, lui retourna les tripes et il s'arrêta pour vomir au pied d'un arbre.

— Ça va, Julien ? questionna Magali.

Mais son sourire n'avait plus rien de doux ni de maternel. Il n'y voyait qu'un masque d'indifférence et de mépris pour la vie de ce pauvre garde forestier. Il avait même l'impression qu'elle voyait Loïc différemment depuis qu'il avait enfoncé la pointe de son tournevis dans la chair molle. Oui, elle le regardait avec admiration, comme un homme rêve qu'une femme le regarde. Loïc était le mâle alpha, le chef de meute capable de la protéger, quitte à tuer. Alors que Julien, lui, avec son physique banal et ses états d'âme, n'était rien.

Il s'essuya la bouche d'un revers de sa chemise et reprit sa course vers la forêt de la Treille. Cette simple croix marquée au feutre noir était devenue son dernier objectif, son ultime refuge. D'après la carte, ils étaient arrivés non loin de la zone escarpée que le vieil homme leur avait pointée du doigt. Ils escaladaient maintenant une pente abrupte, leurs pieds s'enfonçant dans un mélange de sable et de terre meuble. Le soleil, déjà haut dans le ciel, les accablait de ses rayons tandis que le vent sifflait dans le dédale de pins sylvestres qui parsemaient leur chemin. Il régnait dans ce bois un silence étrange, uniquement rompu par le craquement des branches sèches sous leurs pas et le chant des cigales qui s'intensifiait avec la chaleur. La respiration courte, Julien gardait la tête baissée, concentré sur les rocailles qui affleuraient ici et là, menaçant de le faire tomber. Parfois, il était obligé de s'accrocher aux troncs pour se stabiliser, ses mains griffées par l'écorce rugueuse. Loïc fermait la marche, calculant chacun de ses mouvements, le regard balayant constamment l'arrière comme s'il redoutait d'être suivi – *une bête aux aguets... une bête dangereuse. Prête à tuer.*

Julien aperçut soudain un grillage qui émergeait de la végétation, traçant un large périmètre au pied de ce qui lui sembla être l'ultime pente menant au sommet de la colline. Il le longea sur une distance qui lui parut interminable, le vent faisant vibrer les fils métalliques d'un vrombissement désagréable. Il passa un panneau dont le marquage presque illisible avertissait les curieux des risques d'éboulement et de chute mortelle. Ses yeux balayèrent l'acier corrodé jusqu'à ce qu'il finisse par discerner une étroite brèche. Il s'avança, écarta les bords coupants et s'engouffra dans l'ouverture sans un regard en arrière. Magali et Loïc le suivirent, pénétrant en silence dans l'enceinte interdite. La pente de la colline se dressait devant eux, abrupte, et ils en entamèrent l'ascension.

En atteignant le sommet, Julien s'arrêta net, hypnotisé par le spectacle. Les ruines d'un imposant et austère bâtiment en pierre se tenaient là. Les murs craquelés et envahis de lierre s'étendaient sur au moins deux cents mètres de long. La plupart des façades étaient éventrées, laissant deviner les contours de pièces et de couloirs plongés dans l'obscurité.

— C'est ici, murmura Julien pour lui-même plus que pour ses compagnons.

— On devrait partir… Il n'y a rien ici…, dit Magali d'une voix tremblante.

En dépit du soleil qui inondait les lieux d'une lumière crue, son visage lui parut particulièrement blême.

— Non, répondit Julien avec fermeté. Les réponses sont ici. Chloé est ici !

— Et si tu te trompais… si ces vestiges n'étaient rien d'autre qu'une tombe ?

— Alors j'irai par-delà la mort pour la retrouver.

Il ne s'était jamais senti aussi sûr de lui. Cet endroit, malgré l'ambiance de désolation qui y régnait, l'emplissait d'une force jusqu'alors inconnue. Il n'était plus le pauvre reflet aperçu dans le miroir. Il était Julien. *Le* Julien prêt à tout. *Le* Julien héroïque capable de renverser des montagnes. Celui qui allait sauver Chloé.

— Partez si vous voulez. Moi, je reste.

Et il avança d'un pas assuré vers les ruines.

14

L'intérieur n'était que dévastation. Leurs pas résonnèrent sur les dalles disjointes. L'air était frais, chargé d'une odeur d'humidité provenant de la mousse verdâtre qui s'accrochait aux murs. L'antique sanatorium déployait ses couloirs comme un labyrinthe silencieux. Des portes pendaient sur leurs gonds rouillés, grinçant doucement lorsqu'ils les frôlèrent. Le plâtre écaillé des parois laissait deviner des traces de graffitis ou d'immenses fresques réalisées par d'anciens visiteurs. La poussière grise qu'ils soulevaient dansait en faisceaux épars, illuminant leur chemin de particules scintillantes qui révélaient des fragments d'un lointain passé – une chaise roulante tordue par le temps, du matériel médical éparpillé sur le sol, quelques vieux dossiers à la couverture jaunie.

Loïc et Magali suivaient sans un bruit, jetant des regards incertains autour d'eux. Les pièces qu'ils traversaient étaient vastes, avec de hauts plafonds à la solidité douteuse, le silence si profond qu'ils entendaient leur propre respiration. Ici et là, des débris de ce qui avait dû être des lits étaient dispersés. Ils arrivèrent à ce qui semblait être un immense hall. Au centre de cet espace, la nature avait érigé son monument – un arbre poussant audacieusement à travers le sol fissuré. Julien s'arrêta un instant pour contempler ce sanctuaire inattendu. La base large et robuste du totem végétal jaillissait d'une crevasse, ses racines s'entrelaçant autour des gravats. Il passa une main sur l'écorce, sentant sous ses doigts la rugosité de la vie qui s'accrochait avec acharnement dans cet endroit oublié. Il y avait là une force, une détermination faisant écho à la sienne. Lui aussi tentait de s'accrocher à ce monde, de faire émerger la lumière au milieu du néant de sa mémoire morte.

— Regardez, dit Loïc en faisant un signe de tête vers un coin de la pièce plongé dans la pénombre.

Julien mit de longues secondes à percer les ténèbres pour apercevoir une volée de marches en béton s'enfonçant dans les entrailles du bâtiment. Pour une raison qui lui échappait, il savait que c'était là qu'ils devaient se diriger. La visibilité déclina encore à mesure qu'ils dévalaient cet escalier usé par le temps et dont la solidité semblait précaire. Julien frissonna en sentant des vibrations sous ses pieds. Il se rappela les mots du pauvre garde forestier – « Il y a déjà eu des accidents dans ce coin » –, mais il était allé trop loin pour faire demi-tour.

Dans les quelques taches de lumière froide qui leur permettaient de s'orienter, ils distinguèrent un enchevêtrement de couloirs exhalant une odeur de bois pourri. Ici, l'humidité était bien plus importante qu'à l'étage. Ils avancèrent lentement, mesurant chacun de leurs pas jusqu'à un espace plus ouvert où l'air vicié portait l'écho de leur exploration. La lumière, étrangement plus présente, provenait d'une étroite fissure dans le plafond qui laissait passer une lueur diffuse, mais suffisante pour deviner les contours d'une vaste piscine de soins percée de jets et de buses. Le fond était jonché de feuilles mortes et de débris, mais la structure, dans son ensemble, restait remarquablement intacte. Julien s'avança prudemment au bord, observant les éclats bleutés et vert émeraude du carrelage en céramique. C'est alors qu'il distingua quelque chose d'inattendu. Au centre du bassin, une trappe de métal entourée de quelques dalles moins usées que les autres semblait anormalement préservée des outrages du temps. Loïc s'approcha, pointant son doigt vers la trappe.

— C'est là, dit-il d'une voix angoissée que Julien ne lui avait encore jamais entendue.

Magali se figea un pas en arrière, le regard rivé sur le fond de la piscine.

— Il ne faut pas y aller, Julien. Surtout pas…

Mais Julien avait déjà sauté dans le bassin et s'était agenouillé, ses doigts cherchant une prise. Il remarqua la chaîne et le cadenas posé sur le côté. La poignée résista. Loïc resta immobile, un masque de crispation déformant son visage habituellement stoïque.

— C'est pas une bonne idée… vraiment pas. Si tu tiens à la vie, tu ferais mieux de nous écouter.

Julien tira de toutes ses forces. Un grincement aigu agressa ses tympans lorsque le volet en acier pivota lentement. Il reprit son souffle quelques instants, le cœur battant. Une brise glacée s'échappa de l'ouverture et un frisson lui parcourut l'échine tandis qu'il plongeait son regard dans l'obscurité abyssale juste en dessous de lui. Après quelques secondes, il finit par discerner les barreaux d'une échelle.

— C'est ici que tout commence, se dit-il à voix basse comme une prière, sans en comprendre réellement la signification.

Un bruit puissant et sourd leur parvint de l'extérieur, comme un coup de tonnerre. Julien se retourna vers ses compagnons et les vit pétrifiés de terreur.

— C'est trop tard, gémit Loïc en se dirigeant vers l'obscurité. Trop tard. Tout est perdu.

Et il partit en courant, entraînant Magali à sa suite.

15

Dans un élan de confusion et d'urgence, Julien se lança à leur poursuite, abandonnant l'ouverture béante derrière lui. Ses pas résonnèrent sur le carrelage froid du sanatorium tandis qu'il zigzaguait entre les colonnes effondrées et les murs lépreux, tout en hurlant leurs noms sans obtenir de réponse. De retour dans la salle de l'arbre, il se dirigea vers l'extérieur et fut ébloui par la force des rayons du soleil qui écrasaient désormais les ruines. Il aperçut leurs silhouettes qui se ruaient vers le côté du bâtiment et cria leurs noms, la voix teintée de désespoir et d'incompréhension. Qu'est-ce qui pouvait bien les avoir effrayés à ce point ? Quel danger avait déclenché une telle panique ? Ses jambes le propulsèrent aussi rapidement que possible à travers un îlot de broussailles qui griffèrent son visage et ses bras. Il déboucha enfin sur le petit terre-plein bordant un pan de falaise abrupte. Loïc et Magali se tenaient au bord, corps figés, regards tournés vers l'abîme.

— Qu'est-ce que vous faites ? Pourquoi vous vous êtes enfuis comme ça ? hurla-t-il en parcourant les derniers mètres.

Mais ils ne répondirent pas. Leurs visages blêmes se détournaient de lui pour rester fixés vers le bas. Julien atteignit la falaise, son souffle court se mêlant au murmure du vent qui balayait l'escarpement. Autour d'eux, le mistral redoubla d'intensité, bousculant les pins dont les cimes ondulèrent en un ballet hypnotique. Il se pencha prudemment pour suivre le regard horrifié de ses compagnons et c'est à ce moment qu'il les vit : deux corps écrasés contre les rochers, leurs silhouettes brisées dans une mare de sang vermeil. La brutalité de la scène lui coupa le souffle. Lentement, son esprit recomposa les vêtements déchirés, les membres tordus selon des angles contre nature. Loïc plaquait son poing serré contre sa bouche, retenant à peine ses sanglots. Magali, les mains tremblantes, semblait chercher désespérément un signe de vie là où il n'y en avait plus.

— Qui… qui est-ce ? réussit à articuler Julien, la voix étranglée par l'horreur.

— Tu connais très bien la réponse à cette question, lança Loïc en le fixant dans les yeux.

— Non ! Comment est-ce que je pourrais le savoir ?

Magali le dévisagea avec un air qu'il ne lui avait jamais vu auparavant. De la colère, presque de la haine.

— Si, Julien… tu le sais. C'est toi qui nous as amenés ici.

Il recula d'un pas et sentit un de ses pieds déraper sur le bord de la corniche. Un filet de terre grise dévala vers le gouffre. Il pivota sur lui-même pour garder son équilibre tout en contestant.

— Non ! Pourquoi vous dites ça ? Pourquoi ?!

Lorsque Julien tourna la tête vers ses compagnons d'infortune, Loïc et Magali avaient disparu. Il était seul au milieu des ruines abandonnées de l'ancien sanatorium, penchées vers lui comme la silhouette décharnée d'un vautour prêt à fondre sur sa proie. Il hurla leurs noms plusieurs fois, mais n'obtint aucune réponse, si ce n'est le souffle lancinant du mistral. Il scruta la falaise, évaluant rapidement les prises, la distance et les risques. Puis il s'engagea sur la paroi. Ses mains se crispèrent sur les aspérités de la roche et il sentit l'adrénaline lui donner la concentration nécessaire, alimenter ses muscles quand les rochers se dérobaient sous ses pieds. Il progressa, refoulant la terreur qui menaçait d'engloutir sa détermination, gagnant chaque mètre comme une victoire sur la gravité.

Au bout de quelques minutes, il posa le pied au sol et se dirigea vers les corps. Ils se trouvaient à trois mètres de lui, étendus dans un chaos granitique couvert de sang. Il se rapprocha pour détailler leurs yeux vides, leurs peaux pâles sous le soleil impitoyable. Loïc et Magali étaient allongés là, pantins désarticulés, et l'odeur épouvantable qui se dégageait de leurs carcasses ne laissait aucun doute sur le fait que leur mort était ancienne.

Un vertige le saisit, une pression douloureuse qui s'amplifia dans son crâne. Les contours de la forêt commencèrent à onduler et son corps se mit à trembler alors que son esprit, incapable de rassembler les pièces de ce puzzle morbide, menaçait de s'effondrer. Des éclats de souvenirs jaillirent dans sa tête. Des bribes de conversations, des rires, des regards, le visage de Chloé qui lui souriait, celui du docteur Alhaire, tout cela semblait désormais appartenir à une autre vie. Il sentit ses jambes se dérober, son souffle devint court et haletant, chaque respiration était un combat. Il ferma les yeux en espérant échapper au tourbillon qui lui vrillait le cerveau, mais derrière ses paupières closes, des images de fantômes dansaient. Il s'effondra sur la roche chaude à côté des cadavres de ses camarades. Dans cet instant de faiblesse accablante, il comprit qu'il était seul, vraiment seul, qu'il l'avait toujours été et les ténèbres s'insinuèrent en lui.

— Chloé, mon amour, où es-tu ? souffla-t-il dans un murmure épuisé, juste avant que le monde bascule dans l'obscurité.

PARTIE DEUX

CHLOÉ

16

Immobile devant le miroir, Chloé scrutait son reflet. Elle avait à peine trente ans, une peau claire, presque pâle, qui contrastait avec sa chevelure d'un noir corbeau. Ses traits, délicats et finement ciselés, donnaient à son visage une élégance et une force résolue, la même qui l'animait dans les situations critiques. Le pinceau du mascara frôla ses paupières, chaque passage ajoutant de la profondeur à son regard bleu azur. Elle inclina légèrement la tête et utilisa l'eye-liner pour accentuer la forme en amande de ses yeux. Elle termina par la bouche, appliqua un rouge discret sur ses lèvres qu'elle pressa l'une contre l'autre, distribuant uniformément la teinte. Un geste final qui parachevait sa transformation.

Aussi loin que remontaient ses souvenirs, Chloé avait toujours aimé se maquiller. C'était pour elle une manière d'afficher son assurance intérieure et de s'armer non seulement pour affronter le monde, mais également pour l'ensorceler, y tracer son chemin avec détermination. Après de brillantes études d'ingénieur, elle avait végété quelques années dans une multinationale française avant de se lancer pour voler de ses propres ailes en créant AquaPure.

Sa start-up, spécialisée dans la conception de systèmes de purification d'eau autonomes et écologiques, avait immédiatement trouvé les financements nécessaires et elle venait tout juste de déployer son premier dispositif en Éthiopie, où l'accès à l'eau potable restait un défi. Sa volonté était de cibler des zones touchées par des catastrophes naturelles où l'installation de ses purificateurs modulaires deviendrait cruciale pour la survie des populations. Au-delà de la reconnaissance et de la réussite que cette entreprise lui valait, Chloé avait rêvé de mettre son énergie dans un projet qui rendrait le monde meilleur et elle y était parvenue.

Son téléphone portable vibra dans la poche de son sac et son visage s'illumina. *Tout s'est bien passé ?* suivi de trois cœurs rouges. Julien. Elle l'avait rencontré deux ans plus tôt lors d'un voyage de prospection en Afrique subsaharienne. Lui aussi était ingénieur et il avait quitté sa boîte pour se lancer dans l'aventure AquaPure à ses côtés. Depuis, il était devenu un ami, un amant, puis – et ça la faisait sourire intérieurement, car elle s'était toujours juré de ne pas se laisser passer la bague au doigt – son mari. Ils avaient scellé leur union quelques mois plus tôt dans la mairie du village d'Elturel, dont la famille de Julien était originaire. Un mariage simple et chaleureux en petit comité.

Depuis, elle se sentait plus légère sans pouvoir vraiment l'expliquer. Sa vie active n'était pourtant pas plus facile qu'avant. Être une femme indépendante qui entreprend dans un univers principalement masculin comprend son lot de difficultés, en particulier lorsqu'on réussit. Mais le savoir à ses côtés lui donnait une force supplémentaire. Une volonté plus grande d'envisager l'avenir avec sérénité. C'était peut-être tout simplement ça que l'on appelait l'amour. *Tout est OK, ils ont signé !* répondit-elle tout en rangeant sa trousse de maquillage dans son sac. *Champagne !!!!*

Julien avait raison, cette victoire valait qu'on la célèbre. Chloé venait de convaincre leur plus gros partenaire – une banque spécialisée dans les investissements éthiques – de poursuivre leur collaboration sur un plan de plusieurs années. Grâce à cet argent, ils pourraient se développer dans d'autres pays d'Afrique comme le Kenya, le Mozambique ou la Tanzanie.

Elle quitta les toilettes et traversa le hall de l'agence pour rejoindre le parking de cette petite zone commerciale perdue entre deux collines boisées. Le soleil descendait peu à peu, allongeant les ombres des platanes, transformant chaque voiture en reflets cuivrés scintillants. Autour d'elle, la vie battait son plein : des parents poussaient leurs chariots remplis de courses en traînant des enfants fatigués, les boutiques commençaient à baisser leurs devantures dans un crissement de volets métalliques et les employés des bureaux fumaient nerveusement leurs cigarettes pour tenir les quelques heures qui leur restaient avant de retrouver leur liberté.

Elle se rapprocha de sa voiture, l'esprit concentré sur la soirée qui s'annonçait festive, pressa le bouton de sa clé électronique et s'installa derrière le volant. Le moteur s'éveilla dans un murmure mécanique et elle jeta un regard dans son rétroviseur avant de refermer sa portière. C'est alors qu'une main gantée se posa sur le rebord pour l'en empêcher. En une fraction de seconde, une silhouette encapuchonnée de noir se pencha vers elle, plaquant tout son poids contre son visage. Elle s'écroula sur le côté, la tête dans le tissu du siège passager, incapable de bouger ou de crier. Elle tenta de se retourner pour apercevoir son agresseur, mais elle ne vit que la pointe effilée d'une seringue qui se planta dans son cou. La peur eut à peine le temps de l'envahir qu'elle se sentit partir dans un sommeil profond et tout disparut autour d'elle.

17

Tic-tac… tic-tac… Le bruit d'une horloge la ramena à la réalité. Elle contracta ses muscles en vain pour se débattre contre un adversaire qui avait disparu depuis longtemps. Une douleur sourde lui martelait les tempes et un goût pâteux et amer dans le fond de sa gorge lui donna la nausée lorsqu'elle réussit enfin à ouvrir les yeux.

Elle ne se trouvait plus dans la voiture, ni dans le parking, ni même dans la zone commerciale. Elle était allongée sur le sol d'une pièce inconnue au plafond composé de carreaux de plâtre bleu clair avec des motifs de nuages. Elle pivota sur elle-même pour s'asseoir et observa les alentours. Le salon autour d'elle était décoré comme un catalogue de meubles des années 1970 et les murs couverts de papier peint aux couleurs psychédéliques. À côté d'un buffet en teck aux poignées en métal poli se dressaient un imposant canapé d'un tissu vert pomme et deux fauteuils assortis. Sur une table basse en verre fumé, un cendrier et des magazines étaient dispersés, comme si quelqu'un venait juste de quitter la pièce. Face au canapé, un téléviseur trônait sur un meuble à roulettes. Sur le côté, une étagère en bois verni supportait une collection de bibelots et de cadres photo contenant un visage… son visage !

Chloé lutta contre la migraine et ses muscles endoloris pour se relever et s'approcher de ces images, de simples impressions collées sur du carton. Elle avait déjà vu ces clichés sur Internet. Des photos prises par des journalistes lors de ses voyages en Afrique ou pendant une conférence de presse pour le lancement de sa start-up. Les retrouver mises en scène ici comme des souvenirs l'emplit d'un profond malaise.

Sur un pan de mur, une lumière orangée filtrait à travers de lourds rideaux en velours. Elle s'approcha pour les écarter et son cœur se serra d'angoisse. De l'autre côté se trouvait un paysage de montagne aux dimensions étranges. Elle passa une main sur son visage pour tenter de se réveiller de ce cauchemar, mais elle ne rêvait pas. Ce paysage n'existait pas. C'était une photo agrandie et collée contre une paroi en caisson, un décor de carton-pâte. La fenêtre elle-même n'était pas réelle, mais un simple feuillet de plastique transparent. La lumière venait d'un spot coloré fixé au-dessus.

Le battement incessant de l'horloge se mêla à celui de son cœur à mesure qu'elle prenait conscience de la situation. Elle tenta de rassembler ses pensées, mais la migraine l'empêchait de se concentrer. Elle fronça les yeux, luttant pour chasser les ombres qui dansaient devant ses paupières. Comment était-elle arrivée ici ? On l'avait enlevée ? Pourquoi ses souvenirs étaient-ils si flous ? Son regard passa à nouveau sur les photos et elle sentit son estomac se nouer à la vue de son propre visage lui souriant. Un frisson d'effroi la submergea quand elle comprit. Elle était prisonnière dans un décor artificiel.

L'air lui sembla soudain étrange. Il avait une odeur de plastique et de vieux tissu. Un sentiment d'oppression enveloppa Chloé, comme si les murs voulaient la contenir, l'étouffer. Pourquoi quelqu'un irait-il jusqu'à fabriquer une fausse fenêtre, de fausses images, jusqu'à créer un faux monde ? Pour la retenir prisonnière… à jamais. Cette idée la percuta et l'incompréhension fit place à la peur. Quelqu'un l'observait peut-être en ce moment même. Sa respiration s'accéléra. Elle fit quelques pas chancelants vers le milieu du salon et aperçut un couloir desservant plusieurs autres pièces en enfilade. Une cuisine au sol couvert de linoléum à carreaux marron et crème, une salle de bains pourvue d'une baignoire en fonte peinte en noir mat et enfin une chambre avec un lit double dont la tête était capitonnée de velours. Chaque espace était étrange et lui donnait l'impression d'un plateau de cinéma qui n'avait pas sa place dans le monde réel. La peur se transforma en panique et elle sentit ses jambes si faibles qu'elle fut obligée de se retenir contre un mur pour ne pas tomber.

Soudain, son regard se posa sur le bout du couloir fermé par une porte en bois sombre. Elle s'y précipita, l'espoir ravivant ses forces. La porte ne possédait ni serrure ni poignée, c'était un simple panneau posé contre la paroi. Elle frappa de toutes ses forces, martelant la surface avec ses poings, hurlant des appels à l'aide. L'écho de ses coups résonna de manière étrangement sourde, comme si le son était étouffé de l'intérieur. Elle redoubla d'efforts, le cœur battant de plus en plus vite à mesure qu'elle déchaînait sa frustration. Puis, sans avertissement, la porte céda. Chloé, déséquilibrée, manqua de tomber. Et ce qu'elle vit finit de la terroriser. Un mur en briques se dressait à l'endroit où aurait dû se trouver la sortie de cet enfer. Des briques massives et impénétrables, aussi réelles et tangibles que la porte était illusoire. Elle laissa glisser ses doigts sur la surface froide et les joints rugueux, fraîchement scellés, et hurla à pleins poumons. Aucune réponse, aucun son hormis le tic-tac de l'horloge. Cet endroit était un labyrinthe macabre et cruel, un labyrinthe de mensonges.

Épuisée, les mains endolories, elle resta là, adossée à la paroi. Ses larmes traçaient d'épais sillons de maquillage sur ses joues. Une détresse froide et implacable l'enveloppa tout entière alors que la vérité s'inscrivait dans chaque fibre de son être : elle était prise au piège.

18

Combien de temps s'était-il écoulé depuis son arrivée dans cette prison ? Une heure, deux heures, dix ? Elle n'avait plus ni montre ni téléphone portable. L'horloge du salon indiquait dix-huit heures trente, mais quelque chose ne collait pas. Son rendez-vous à la banque s'était terminé vers dix-neuf heures et cela aurait voulu dire qu'elle était là depuis presque une journée ? Pourtant elle ne ressentait ni la faim ni la fatigue, juste une terreur froide qui la poussa à explorer les limites de cet endroit.

La chambre possédait une armoire renfermant une demi-douzaine de robes ultra courtes et colorées qui semblaient ne jamais avoir été portées. Elles étaient toutes à sa taille. Sur le côté, une autre fausse fenêtre donnait sur un paysage factice de champs de lavande et de ciel bleu, éclairé par une ampoule jaune installée à la place du soleil. Le papier peint, un kaléidoscope de motifs géométriques orange et bruns, se décollait par endroits, révélant un mur en contreplaqué. Chloé avait déjà vu ce genre de construction lors du tournage d'une publicité pour sa start-up : des feuilles décors, comme dans les films. Lorsqu'elle s'assit sur le lit, le matelas se déforma sous son poids, il était manifestement rempli d'eau. Sous l'oreiller, elle découvrit une télécommande sans marque qui ne possédait que deux boutons. Elle la dirigea vers la petite télévision posée sur le bureau en face d'elle et tenta de l'actionner sans succès. Elle fixa le téléphone à cadran orange sur la table de nuit. Il semblait tout droit sorti d'un vieux catalogue. Elle le souleva, porta le combiné à son oreille, mais aucune tonalité ne se fit entendre. En suivant le fil, elle constata qu'il n'était branché à rien et de rage, elle envoya l'appareil valdinguer contre un mur.

C'est alors que la télévision s'alluma pour dévoiler un décor de prairie figé comme un fond d'écran. De l'herbe, des fleurs colorées et, en arrière-plan, une montagne dont les sommets enneigés ressemblaient à ceux des Alpes. Accompagnant le tout, une petite musique d'ascenseur donnait à la scène un aspect aussi ridicule qu'inquiétant. Chloé fixa cet étrange tableau, essayant d'y distinguer un détail, quelque chose qui aurait un sens. Au bout de quelques minutes, elle actionna la télécommande, mais presser les boutons ne fit qu'augmenter le volume. Elle était sur le point de l'envoyer elle aussi contre le mur quand une silhouette traversa le champ pour venir se placer face à elle. C'était un homme vêtu d'une combinaison intégrale dans le genre bleu de travail. Les yeux de Chloé s'écarquillèrent lorsqu'il se stabilisa au centre de l'image. Il avait le visage de Tom Cruise. Pas une simple ressemblance ou une sorte de sosie, c'était son portrait craché, à ceci près qu'il était figé dans une expression unique, un sourire glaçant. *Un masque ?!* se dit-elle. *Un masque de Tom Cruise !*

Chloé observa, médusée, le double de l'acteur, figure de cire aux yeux d'une vivacité dérangeante. Sa peau était plus brillante que la normale, elle luisait presque d'un éclat malsain. La télécommande lui glissa des doigts et tomba sur le carrelage alors qu'une tension insidieuse lui parcourait le corps, crispant ses muscles. La pièce sembla se rétrécir autour d'elle et l'air commença à lui manquer. Soudain, la musique se tut et le silence qui s'ensuivit fut si total qu'il en devint assourdissant. La silhouette de Tom Cruise s'inclina doucement vers l'écran et l'homme prit la parole :

— Comment vas-tu ?

Elle resta là, incapable de bouger. Dans un ultime effort pour échapper à l'horreur de la situation, Chloé ferma les yeux, priant pour qu'il disparaisse. Mais derrière ses paupières closes, elle percevait encore le regard atroce de cet homme.

— Je sais, tout cela doit te paraître irréel. Mais les effets de la drogue vont s'estomper et tu vas te sentir beaucoup mieux. Est-ce que tu es allée voir dans le frigo ? Il y a tout ce qu'il faut pour faire un bon repas, et surtout, il faut boire beaucoup d'eau et aller aux toilettes pour éliminer les produits toxiques de ton sang.

Chloé rouvrit les yeux. Il se tenait là, souriant de ses lèvres aussi factices que tout ce qui l'entourait.

— Vous m'entendez ?

— Oui. Cet écran de télévision est un peu notre téléphone. C'est comme cela que nous communiquerons lorsque je ne serai pas à la maison.

Elle se leva d'un bond, la colère succédant à la peur, et hurla d'une voix puissante :

— La maison ?! De quoi vous parlez ! Qu'est-ce que je fais là ?

L'homme pencha la tête sur le côté, son rictus désagréable s'élargissant démesurément.

— Tu es chez toi... disons pour une sorte de convalescence.

— Une convalescence ?! Convalescence de quoi ? Vous êtes dingue !

— Pas du tout. Il y a beaucoup de choses que tu ne vois pas, depuis longtemps. Des choses essentielles à ton bien-être et à celui des autres. Des choses que je vais t'enseigner.

La manière froide, presque indifférente, dont l'homme avait prononcé ces mots lui glaça le sang.

— Qu'est-ce que vous racontez ? Laissez-moi sortir...

— La patience, par exemple... La patience est la première leçon.

— Je ne suis pas votre élève, rétorqua-t-elle en serrant les poings.

— Et pourtant c'est toi qui es ici, Chloé. C'est toi qui as besoin d'apprendre.

— Apprendre quoi ? À être la victime d'un taré ?

L'homme hocha la tête.

— Non, bien sûr que non. Apprendre à voir le monde différemment. À le voir à travers mes yeux...

Chloé sentit les battements de son cœur s'accélérer. Elle prit une profonde inspiration avant de répondre :

— Je n'ai pas besoin de vos yeux pour voir. La police doit me chercher à l'heure qu'il est. Mon mari les a alertés de mon absence.

— Oh, si j'étais toi, j'abandonnerais cet espoir. Et si tu refuses mon aide, je crains que tu ne restes ici un bon moment. Mais nous aurons tout le temps de voir cela. Pour l'instant, tout ce que tu as à faire, c'est te reposer. Comme je te l'ai dit, regarde dans le frigo. Mange, bois, reprends des forces. Tout ce dont tu as besoin est ici, avec toi. Bientôt, je viendrai te voir…

Et l'image se figea quelques secondes avant de disparaître, transformant la télévision en un miroir noir. Les omoplates de Chloé se contractèrent jusqu'à la douleur. Elle était prisonnière d'un malade mental. *« Bientôt, je viendrai te voir… »* Une violente nausée lui retourna l'estomac. Que voulait-il dire ? Pourquoi elle ?

19

Elle passa les heures suivantes à explorer les derniers recoins de sa cage. La cuisine se résumait à une table en formica avec deux chaises, un placard vert délavé, un vieux frigo et un évier. Le moteur du réfrigérateur ronronnait bruyamment, s'ajoutant au tic-tac insupportable de l'horloge du salon. Elle tira sur la poignée et le joint se détacha avec un bruit de succion. À l'intérieur, quelques légumes, des fruits frais et un poulet à la peau laiteuse dont la tête n'avait pas été tranchée et pendait au bout de son cou déplumé. Dans la porte, des bouteilles d'eau bien alignés et une bouteille de champagne. Du champagne ? Il y avait donc quelque chose à fêter ? Elle repensa au visage figé de Tom Cruise et sentit l'angoisse monter. Mieux valait qu'elle se concentre sur l'action pour le moment. C'est de cette manière qu'elle avait toujours surmonté les difficultés. Agir pour ne pas ressasser ses soucis lorsque la pression devenait trop grande. Agir en réglant les problèmes un par un, au jour le jour.

Son attention se tourna vers l'évier. Elle actionna le robinet et entendit un bourdonnement électrique avant que l'eau ne se mette à couler. Elle se pencha sous la vasque et constata que le raccordement n'avait rien d'habituel. On avait repiqué le système sur un antique tuyau rouillé situé au pied du mur, mais une petite pompe permettait d'augmenter la pression. L'homme avait l'air de s'y connaître en bricolage, et ce lieu, si on faisait abstraction du décor factice dans lequel elle était enfermée, n'était visiblement pas de première jeunesse.

Au-dessus de l'évier, une des fausses fenêtres en trompe-l'œil donnait sur une rue. Chloé s'arrêta quelques instants sur les détails de cette photo agrandie, dont elle apercevait quelques pixels. Les immeubles en pierre de taille, la perspective, les arbres plantés le long des trottoirs… tout cela lui était vaguement familier bien qu'elle fût incapable de dire pourquoi. Le plan de travail comportait une plaque chauffante dont le raccordement se faisait derrière une feuille décor imitant à la perfection un carrelage jauni par le temps. Elle ouvrit le placard mais n'aperçut qu'une série de verres et des couverts à bout arrondi. La seule arme potentielle était un long couteau à viande, qui était accroché au mur par une chaînette. Elle tira sur les gonds et comprit rapidement qu'elle n'avait aucune chance les briser. Ce salopard avait pensé à tout. Un cagibi contenait un balai, un seau, des serpillières et toute une collection de produits d'entretien, comme s'il s'attendait à ce qu'elle fasse le ménage dans cet appartement factice, cette prison domestique.

De l'autre côté du couloir, la salle de bains était petite et principalement occupée par la baignoire en fonte à pattes de lion et un lavabo aux bords arrondis surplombé d'un miroir ovale entouré d'ampoules, comme dans une loge de spectacle. Elle ouvrit le robinet et l'eau coula, d'abord par à-coups, puis régulièrement. Sur une desserte, des serviettes aux couleurs vives étaient parfaitement pliées. Elle remarqua aussi un flacon de shampoing, du savon, une brosse à dents, du dentifrice et un kit de crèmes de soin, tels qu'on en trouverait dans une chambre d'hôtel. Tout semblait préparé avec la plus grande attention pour la recevoir et cette idée lui donna envie de vomir. Chloé s'approcha du miroir, fixant son reflet. Ses yeux, qui quelques heures plus tôt brillaient d'une détermination inébranlable, portaient désormais les stigmates de la confusion. Son visage était tiré et sombre, à l'image du tumulte intérieur qu'elle tentait désespérément de contenir. *Où es-tu, Julien ? Viens me chercher !*

Son mari avait forcément signalé sa disparition à la police, l'enquête devait être en cours. Julien ne l'abandonnerait pas, jamais, elle le savait.

Le silence de sa réflexion fut brisé par un bruit sourd et lointain. Puis il y eut comme des pas au-dessus de sa tête. Chloé s'immobilisa de terreur, les sens en éveil. Un crissement régulier, comme un frottement métallique, fit dresser les poils de ses bras. Elle quitta la salle de bains pour se rendre dans le couloir où le son était plus distinct, plus proche. Ses yeux se rivèrent au plafond et le faux ciel bleu commença à se fissurer dans un grincement inquiétant. C'est à ce moment qu'elle l'aperçut. Il y avait là, juste au centre, entre deux nuages, une trappe parfaitement dissimulée par la peinture, qui s'ouvrit brusquement, révélant un noir d'encre au-dessus de sa tête.

Chloé recula instinctivement et son dos heurta le mur du couloir. Son souffle s'accéléra tandis qu'un escalier métallique se dépliait, s'arrêtant avec un cliquetis final qui lui glaça le sang. « *Bientôt, je viendrai te voir.* » Les mots de son ravisseur résonnèrent dans son esprit comme une évidence. C'était lui, il allait venir, mais pour faire quoi ? La tuer ? Ou pire encore ! Elle chercha un endroit où fuir, mais aucune de ces pièces ne lui permettrait de s'échapper. En désespoir de cause, elle courut vers le salon pour se placer derrière le canapé, maigre obstacle face à ce qui l'attendait. Et la silhouette de l'homme descendit lentement les marches.

20

L'homme qui lui faisait face était de taille modeste, pas plus d'un mètre soixante-dix, et sa combinaison de travail d'un bleu profond contrastait avec l'insigne aux lettres entrelacées WY et la promesse ambitieuse, presque ironique vu la situation, *We build better worlds*[1], brodée en fil d'argent sur sa poitrine. Son visage n'était pas le sien, mais celui de Tom Cruise. Ce que Chloé avait pris pour un simple masque capta toute son attention. Les détails étaient d'une précision saisissante, du grain de la peau jusqu'à la moindre ride au coin des yeux. Ses lèvres, étirées dans un sourire énigmatique, donnaient l'illusion d'entendre la voix de l'acteur s'en échapper. Les cheveux défiaient eux aussi la réalité. Chaque mèche était finement implantée et mimait à la perfection la coiffure soignée de la star. Seuls les yeux trahissaient l'artifice. Sous les plis du masque, un regard bien vivant la fixait avec une intensité qui la mit mal à l'aise. Il portait autour de la taille une ceinture de travail d'où pendaient quelques outils, des gants, une lampe torche et un étui noir assez profond. L'homme tenait à la main un épais carnet en cuir rouge et se rapprocha doucement du canapé derrière lequel Chloé s'était réfugiée.

1. Nous construisons des mondes meilleurs.

— Je ne te veux aucun mal, dit-il d'une voix amicale.

Elle hésita à saisir un objet, n'importe lequel, pour le lui jeter au visage, mais se ravisa en jugeant qu'il était préférable d'en savoir un peu plus avant de tenter quoi que ce soit.

— Pourquoi vous m'avez enlevée ? C'est quoi cet endroit ? Un décor de cinéma ? Et vous… pourquoi ce masque ? Vous avez peur de me révéler votre visage ?

L'homme s'immobilisa, la tête légèrement penchée comme s'il pesait chaque mot de sa réponse. Puis il reprit sur un ton mesuré :

— Le masque n'est qu'une interface, Chloé. Un moyen pour… faciliter notre communication.

Un rire nerveux s'échappa des lèvres de la jeune femme.

— Faciliter ? En me terrorisant ? C'est ça votre idée d'une conversation facile ?

— Ce visage t'est familier, accessible. Le mien ne te plairait pas. Les filles comme toi ne parlent pas aux hommes comme moi. C'est ainsi que le monde est fait.

— Vous êtes malade ! hurla-t-elle en regrettant immédiatement ses mots, de peur de la réaction qui allait suivre.

— Je comprends ta colère, c'est déconcertant. Mais il y a des vérités que tu n'es pas encore prête à affronter.

— Quelles vérités ? Pourquoi suis-je ici ?

— Tu es ici pour te souvenir, Chloé. Pour te rappeler ce que tu as oublié, ce que tu as choisi d'ignorer.

Elle sentit l'angoisse la ronger un peu plus. Est-ce qu'elle connaissait cet homme ?

— Je t'ai apporté quelque chose, dit-il en lui tendant le carnet. Quelque chose de très important. Tu peux décider de le lire… ou pas.

Chloé ne bougea pas de sa position et l'homme déposa son offrande sur le canapé.

— Soit tu restes dans l'ignorance et ton histoire s'arrête là, soit tu prends la pilule rouge et tu t'éveilles à la réalité…

Ces mots étranges lui rappelèrent un très ancien souvenir. Cette histoire de pilule sonnait comme la réplique d'un vieux film.

— Quoi qu'il arrive, il va falloir que tu respectes les règles de cet endroit. À commencer par ta présentation. L'armoire de la chambre est remplie de robes. J'aimerais que tu mettes la bleue lorsque je descends te voir.

— Vous voulez faire de moi votre poupée, c'est ça ?

— Non, Chloé, pas une poupée, un symbole. Une représentation de tout ce que nous allons changer ensemble pour que ce monde soit plus juste. La robe, c'est le début de ta métamorphose.

Chloé sentit un frisson de révolte la traverser.

— Vous êtes complètement fou.

— Non, je sais des choses que tu ne comprends pas. C'est pour cela que je t'ai apporté le carnet. Il faut que tu le lises. Non, je ne suis pas fou. Je suis logique, au contraire. Mais tu vas découvrir tout ça, ne t'inquiète pas. Et tu vas finir par l'apprécier.

— Je ne participerai pas à vos petits jeux pervers. Vous ne pouvez pas me contrôler…

L'homme se redressa, le sourire du masque semblant s'étirer encore plus.

— Oh, mais je ne te contrôle pas. Je t'offre une chance de comprendre, de te réveiller, de grandir.

— En m'enfermant ici comme un animal dans une cage ?

— Les cages sont parfois nécessaires pour protéger l'animal de lui-même.

Un silence pesant s'installa. Chloé venait de se heurter à un mur. Il ne lui restait plus que deux possibilités : entrer dans le jeu de ce malade ou se battre. Elle évalua rapidement la distance qui les séparait et sentit le sang pulser dans ses tempes. En une fraction de seconde, elle bondit sur l'homme et le poussa de toutes ses forces. Surpris par la soudaineté de l'attaque, il trébucha en arrière et sa tête heurta la table basse avec un bruit sourd. Un râle de douleur passa les lèvres du masque alors qu'il tentait de retrouver son équilibre. Chloé se propulsa vers l'escalier dont les marches grimpaient vers la seule issue de ce cauchemar. Elle y était presque lorsqu'il lui hurla « Arrête-toi ! Maintenant ! » d'une voix beaucoup moins assurée que pendant son discours. Mais Chloé ne l'écouta pas. Toute son énergie était concentrée sur la fuite et la survie. Elle ne le vit donc pas se redresser et fouiller dans l'étui noir de sa ceinture pour en sortir un Taser qu'il brandit vers elle. Un crépitement électrique déchira l'air et la foudroya de douleur. Le choc la projeta vers le sol, son corps se contorsionnant sur le carrelage froid de sa prison jusqu'à ce qu'elle perde connaissance.

21

Le réveil fut bien plus douloureux que le précédent. Elle était allongée dans une flaque d'eau d'où s'échappait une odeur de vase. Ses vêtements trempés lui collaient au corps et lui gelaient les os. Chloé tenta de se redresser mais en fut incapable. Ses poignets, enserrés par des menottes, la liaient à un crochet solidement ancré dans le sol. Elle lutta et l'acier lui mordit la peau jusqu'au sang. Quand la douleur fut trop intense, elle se laissa glisser sur le côté pour reprendre son souffle. « Julien... murmura-t-elle doucement, où es-tu ? » Mais seul le silence lui répondit.

Peu à peu, ses yeux s'habituèrent à l'obscurité et les ténèbres commencèrent à s'estomper. Elle discerna les contours d'une pièce étriquée dont les parois suintaient d'humidité. Chacune de ses respirations était chargée de miasmes et de moisissures. Une structure massive se dessina contre le mur opposé – un escalier en béton maçonné de manière rudimentaire qui grimpait vers le plafond de cette cellule immonde. Où se trouvait-elle ? Quelque part en dessous du faux appartement ? Ce lieu ressemblait à un labyrinthe souterrain abandonné depuis longtemps.

Chloé serra les dents, rassemblant les bribes de courage qui lui restaient encore. Son esprit, malgré la peur, embrassa la lueur d'espoir que cet escalier représentait. Si elle parvenait à se libérer, peut-être y aurait-il un moyen de remonter vers la lumière, vers la liberté. Son attention se focalisa sur ses poignets, qu'elle contorsionna en tous sens pour trouver le meilleur angle. Mais l'acier des menottes lui entailla un peu plus la peau et la douleur lui arracha un cri. C'est alors qu'elle les aperçut. Trois petits points rouges alignés en triangle, telle une constellation minuscule et sinistre. Un frisson d'effroi lui traversa le corps quand elle comprit qu'elle n'était pas seule. Une caméra thermique fixait chacun de ses mouvements, transformant sa souffrance en spectacle. Les diodes luisaient dans l'obscurité et elle imagina son ravisseur tranquillement installé derrière son écran, dévorant chaque seconde de sa détresse avec une satisfaction malsaine, son sourire tordu sous le masque de Tom Cruise. Elle ferma les yeux, refusant la domination du triangle rouge, et décida de lutter. Intérieurement, elle se dressa contre lui, contre la froideur de ce lieu et de la caméra, contre les chaînes qui la retenaient prisonnière, et elle se fit la promesse de ne pas se laisser briser. Ni maintenant, ni jamais. Soudain, la voix de l'homme résonna dans la pièce.

— Alors, Chloé, est-ce que tu es prête à apprendre ?

Elle chercha des yeux l'origine de ce son et aperçut une série de petites enceintes fixées aux quatre coins de son cachot.

— Je dois avouer que je suis déçu par ton attitude. Je m'attendais à ce que tu sois… plus réceptive. Plus ouverte à l'expérience.

Elle sentait le mépris transpirer dans chaque syllabe, la condescendance d'un homme qui jouissait de son pouvoir.

— Tu dois comprendre que cette situation est le résultat de tes choix, de tes actions. Ou plutôt de tes non-actions. Car cela fait longtemps que je te connais, Chloé, et que je t'observe.

Elle tressaillit. Ses mains menottées se crispèrent. Est-ce qu'il disait la vérité ? Était-il possible qu'elle connaisse son ravisseur ? Elle essaya de se souvenir des inconnus croisés lors de ses voyages. L'homme se cachait-il parmi ces visages ?

— Oui, les choses auraient pu être très différentes entre nous. Mais il n'est pas trop tard. Nous allons pouvoir commencer ton éducation. J'espère que désormais tu seras une élève plus coopérative. Sinon cet endroit sera ta dernière demeure. Pour en sortir, tu n'as qu'à prononcer un mot… me montrer que tu acceptes de me faire confiance.

La voix s'évanouit, mais l'écho de ses menaces la hanta, martelant son esprit. Tout en elle refusait de lui répondre, de lui offrir cette victoire. Elle ne desserra pas les mâchoires, une défiance muette résistant à la terreur qui risquait de l'engloutir.

— Très bien. Tu vas donc rester ici. Je reviendrai te voir plus tard. J'espère que tu n'as pas peur des rats, il y en a une colonie entière. Au revoir, Chloé. Amuse-toi bien !

Le bourdonnement du micro s'arrêta net, la plongeant dans le silence. Elle hurla de rage et de désespoir, et l'écho de sa voix perdura longtemps entre les murs de cette oubliette.

22

Elle avait craqué en voyant la silhouette d'un rongeur se glisser entre les flaques d'eau saumâtre et se rapprocher d'elle. Chloé n'abandonnait pas sa résolution, elle avait simplement décidé de jouer le jeu pour se donner un peu de temps. L'homme était venu la chercher, lui avait bandé les yeux avec soin avant de la conduire dans un dédale de couloirs jusqu'au salon de sa prison. Lorsqu'elle avait retiré son bandeau, il n'était plus là. Mais le carnet rouge trônait sur la table basse, bien en vue pour qu'elle ne puisse pas le manquer.

Elle s'approcha avec méfiance et laissa glisser ses mains sur la couverture en cuir usée. La première page était vierge, mais sur la deuxième, une phrase écrite d'une main ferme et précise capta son attention. *Tout début a sa fin, et toute fin a son début.* Elle tourna la page et ce qu'elle vit la fit vaciller. Des photographies d'elle, à différentes périodes de sa vie, certaines qu'elle n'avait jamais vues. Il y avait des annotations, des dates, des lieux qui lui évoquèrent certains souvenirs. Le camping où elle passait ses étés avec ses parents quand elle était adolescente, l'école d'ingénieurs d'Aix où elle avait obtenu ses diplômes, certains clichés étaient anciens, visiblement trouvés sur le Net, mais d'autres, plus récents, semblaient avoir été volés.

Depuis combien de temps ce taré la pourchassait-il ? Chloé sentit son pouls s'accélérer tandis qu'elle prenait la mesure de l'abominable vérité. Elle n'était pas une victime « au hasard ». Il avait construit cet endroit pour elle. Peut-être y travaillait-il depuis des années.

Les quelques pages suivantes formaient une sorte de journal, la chronologie de sa propre existence vue par un autre. L'homme avait noté ses réussites, ses échecs, ses joies et ses peines avec une précision clinique. Chloé parcourait le carnet, chaque mot la plongeant plus profondément dans l'effarement. Ce récit, comme tout le reste, était tronqué. Son ravisseur l'avait dépeinte comme si chacun de ses choix était motivé par la recherche du profit, du pouvoir et de la présence des hommes qu'il appelait mâles alpha. Elle les aurait séduits pour assouvir ses besoins aussi bien financiers que sexuels. Elle sentait entre les lignes toute la rage qu'il avait envers ce personnage de fiction auquel il l'avait assimilée en s'appuyant sur des événements réels de sa vie.

Chloé referma brusquement le carnet et se leva pour essayer de calmer le malaise qui l'avait envahie. L'homme désirait qu'elle comprenne ce qu'il avait dans la tête, c'est pour ça qu'il l'obligeait à lire cet immonde récit. Mais dans quel but ? Pour la rabaisser encore plus ? Faire d'elle une esclave conciliante et docile ? Une idée lui traversa l'esprit et elle se dirigea vers la cuisine pour observer la fenêtre en trompe-l'œil. Cette rue qui l'avait intriguée, c'était celle de son école d'ingénieurs à Aix-en-Provence. Elle reconnaissait les bâtiments aux façades ocre, les platanes et la fontaine sur le côté. Comment pouvait-il connaître ce genre de détails ? Personne n'était aussi intime avec sa vie, pas même Julien !

Malgré le dégoût que le carnet rouge lui inspirait, la réponse se trouvait peut-être entre ses pages. Elle leva les yeux vers le plafond pour observer les faux nuages, respira profondément dans une tentative de retrouver son calme avant de regagner le salon afin de se plonger à nouveau dans la lecture. À la fin du premier récit, une phrase était mise en exergue. *Être visionnaire, c'est regarder le monde au-delà du temps. Mais on ne voit pas plus loin que les choix que l'on ne peut pas comprendre.* Puis elle découvrit le dessin très réaliste d'une pilule, coloriée au feutre rouge, sous lequel la citation *Ne pense pas que tu es, sache que tu es…* l'invitait à tourner la page.

Le long passage qui suivait, intitulé *La Réalité*, acheva de lui confirmer à quel point son ravisseur était dément. Il y dépeignait sa vision du monde « réel ». Un récit pseudo scientifique et philosophique dans lequel il affirmait que l'humanité était dominée par un tout petit pourcentage d'individus avantagés par des facteurs génétiques, des traits biologiques, et bénéficiant d'une discrimination positive orchestrée volontairement par la société moderne. Et le pire concernait les femmes. D'après les « révélations » du carnet, elles étaient prédéterminées par l'évolution à rechercher des partenaires en suivant un comportement sexuel sélectif et une interprétation étroite de la beauté. Ainsi, elles préféreraient rester célibataires, rejetant les hommes les moins favorisés physiquement, tant que le partenaire idéal n'était pas disponible. Comportement qui s'était grandement accéléré avec l'accès à l'indépendance financière et à l'autonomie sexuelle en dehors du mariage, aboutissant aujourd'hui à un marché sexuel régi par une règle appelée 80/20 : quatre-vingts pour cent des femmes souhaitaient avoir des relations avec les vingt pour cent des hommes les plus séduisants et laissaient les autres dans un état de célibat forcé, aussi appelé *incel*. Et tout cela délibérément organisé par les femmes et ignoré par les médias qui préféreraient que ces hommes inférieurs, ces *incels*, soient morts pour les exclure du patrimoine génétique humain et améliorer la sélection naturelle.

Chloé n'en croyait pas ses yeux. Les idées de ce carnet ne développaient pas simplement une théorie complotiste et misogyne délirante, mais aussi une sorte de cosmogonie aberrante du monde. Son ravisseur était-il le seul à penser ainsi ? Appartenait-il à un groupe ? En tout cas, elle savait maintenant à quoi s'attendre. Pour cet homme, elle était le symbole de ces femmes qui s'étaient refusées à lui, et son désir de la soumettre devenait beaucoup plus évident et dangereux. Il y avait des convictions politiques derrière son acte. Des convictions tellement démentes qu'il ne lui laisserait aucune chance de s'en sortir. Chloé le sentait, il allait falloir qu'elle monopolise toutes ses ressources pour échapper à cet enfer.

Extrait du carnet rouge

Mon amour, ces définitions sont là pour t'éclairer un peu sur certaines expressions que nous autres incels utilisons pour communiquer discrètement. Il faut que tu les assimiles pour espérer comprendre le monde tel qu'il est réellement.

***Red Pill** : la pilule rouge. C'est la libération. Celle qui permet de prendre conscience de la réalité : les femmes sont nettement mieux loties que les hommes et c'est pour cela qu'il faut les combattre.*

***Chad** : c'est comme cela que nous désignons le mâle alpha favorisé par la société en raison de sa beauté, de ses gènes, de son ossature, de ses cheveux et de sa taille. Qu'il crève.*

Stacy : une Stacy est une femme en haut de la hiérarchie sociale et sexuelle. Une Stacy ne sortira qu'avec un Chad. C'est comme ça. Tu es une Stacy, mon amour, mais j'ai la possibilité de changer ton destin ! Smile ☺

Fémoïde : mélange des mots « femelle » et « humanoïde » parce que les femmes ne sont pas vraiment humaines, sinon elles sortiraient avec nous.

Go ER : Elliot Rodger. Notre maître, notre inspirateur. Lorsque la rage est trop grande, on est toujours tenté de proposer un Go ER… c'est-à-dire l'organisation d'un massacre de femmes. Bien entendu, cela suppose qu'on soit prêt à se sacrifier. Mais dans ce cas, ce n'est plus vraiment un suicide, plutôt une mort héroïque.

LDAR : Lay Down and Rot. S'allonger et se laisser pourrir. J'avoue que cette idée ne m'a jamais séduit, mais certains de mes frères ont décidé de renoncer à toutes leurs activités et se consacrent à un mode de vie « pourri ». Naviguer sur les forums incels, visionner des contenus pornographiques, s'isoler de tout contact humain et rester au lit. Jusqu'à en mourir.

Ragefuel (carburant de rage) : si un jour tu me vois en colère (par exemple, si tu ne respectes pas les règles de ce carnet), sache que tes actions nourriront encore davantage ma haine envers toi et toutes les autres. Mais je te rassure, nous n'aurons pas à en arriver là !

White Knight (chevalier blanc) : tu as dû en croiser beaucoup ! D'ailleurs, ton beau Julien en est un et il doit être en ce moment en train de te chercher comme un imbécile. Le genre de Chad qui se précipite au secours des femmes et adopte un comportement héroïque ou protecteur afin de se sentir mieux dans sa peau. Ils sont pathétiques, non ?

Gymmaxxing : franchement, je déteste, mais il faut parfois passer par là pour essayer de ressembler à un Chad. Faire de la musculation, c'est naze... mais bon, visiblement les filles n'aiment que les mecs musclés.

23

Chloé portait la robe bleue qu'il lui avait demandé d'enfiler. Elle était assise sur le rebord du lit, contemplant l'écran de télévision en attendant qu'il se passe quelque chose. L'horloge indiquait onze heures cinquante-deux et la check-list précisait bien que tous les jours à midi, elle devait se trouver à cet emplacement pour entendre le briefing. Les caméras, avec leurs diodes triangulaires, la surveillaient sans cesse.

Il lui avait donné un rôle à tenir pour chaque moment de la journée. Sa robe de jour, d'un bleu qui, d'après la prose de son ravisseur, « rappelait les matins frais d'été », sa robe de soirée au décolleté bien échancré pour les « occasions particulières », sa robe de week-end, d'un vert tellement vif qu'il lui agressait les yeux. À côté de l'armoire, une feuille plastifiée énumérait les tâches quotidiennes. Ménage le matin, cuisine à midi, repassage à quinze heures puis des heures de lecture ou de « détente » avant le dîner, à vingt heures, et le coucher prévu à vingt-deux heures. À ce moment, toute l'électricité de sa prison se coupait, hormis quelques veilleuses au niveau du sol.

Dans la cuisine, un menu hebdomadaire était accroché sur le réfrigérateur. Il détaillait les plats que son geôlier désirait pour chaque soir de la semaine, le repas du midi étant laissé à sa discrétion. Un livre indiquait les recettes qu'elle devait maîtriser pour satisfaire ses papilles et le servir correctement. Tout cela révoltait Chloé, mais elle avait décidé que la meilleure stratégie consistait à lui faire croire à sa soumission pour provoquer une nouvelle occasion de s'enfuir.

Dans le carnet rouge, elle avait appris qu'il la considérait comme une Stacy, une femme située tout en haut de la hiérarchie sociale et sexuelle, ayant la possibilité de choisir son partenaire amoureux, mais préférant la présence exclusive des Chad, ou mâles alpha. Ces derniers arboraient les caractéristiques idéalisées d'un homme parfait : grand, corps musclé, mâchoire carrée, gâté par la nature et possédant une chevelure abondante. Pour son ravisseur, toutes les femmes avaient un désir commun dès le début de l'adolescence : coucher avec un alpha. Le reste de l'humanité, qu'il appelait les *normies*, était composé de *betabux*, comme lui, c'est-à-dire de mâles inférieurs, et de Becky, des femmes d'apparence physique moyenne et peu attirantes. Chloé avait d'ailleurs compris que chaque fille se voyait attribuer une note entre 0 et 10 indiquant sa VMS ou « valeur sur le marché sexuel ». La sienne était située dans la tranche supérieure tant qu'elle ne se serait pas heurtée « au mur », seuil des trente ans au-delà duquel la VMS, même pour une Stacy, tombait à la décote.

Tous ces principes délirants formaient une idéologie qui la révoltait. Chaque mot suintait la haine et le désir malsain de cet homme caché derrière ses caméras. Ce décor qu'il avait construit pour elle voulait la réduire au rôle de marionnette dans son théâtre pervers. Elle sentit des larmes de colère sur ses joues et la rage monter. Dès qu'elle serait sortie de cet endroit, elle irait directement voir la police pour qu'on enferme ce malade dans un asile et elle utiliserait son pamphlet monstrueux comme preuve de ses théories psychotiques.

Soudain, la pièce se remplit d'une lumière froide émanant de la télévision. L'homme apparut. Elle baissa les yeux comme s'il se tenait réellement en face d'elle.

— Chloé, regarde-moi, exigea-t-il d'une voix sinistre.

Elle se figea, puis redressa lentement la tête vers le reflet du faux Tom Cruise sur l'écran.

— C'est l'heure de notre petite session, dit-il d'un ton plus apaisé. Je veux que tu prennes le papier et le stylo que tu trouveras dans le tiroir de la table à côté de toi.

— Pour quoi faire ? répondit-elle.

Sa voix était calme, mais ses mains tremblaient légèrement. L'homme continua avec son sourire immobile et macabre.

— Écrire ton histoire, Chloé. À partir de maintenant, tu vas documenter chaque jour passé ici, avec moi. Tu écriras ce que tu ressens, ce que tu apprends… tout. Ce récit sera le témoin de ton évolution.

— Et si je refuse ?

— Le refus n'est pas une option. À moins que tu ne souhaites retourner dans la salle obscure.

Chloé secoua la tête. Sa révolte intérieure et un violent sentiment d'impuissance la poussaient à hurler sa rage, mais elle réussit à la contenir.

— Voilà, c'est mieux. Tu commences à comprendre. Tout ce dont tu as besoin se trouve dans ce tiroir. N'oublie pas que chaque mot de ce journal intime est un pas vers ta libération… ou du moins vers une meilleure acceptation de ta nouvelle existence.

Chloé ressentit un dégoût viscéral, mais elle ne lui montra aucun signe de faiblesse. Elle prit une inspiration profonde et approcha son visage du téléviseur.

— Très bien... je vais écrire, mais je veux quelque chose en échange.

L'homme inclina la tête, intrigué.

— Ah oui ? Et qu'est-ce que tu veux ?

Elle avala sa salive avant de répondre.

— Un nom... Si j'écris mon histoire, vous me direz qui se cache derrière ce masque. Qui vous êtes réellement...

Un silence pesant remplit la pièce alors que l'homme semblait déstabilisé. Chloé attendit, savourant cette infime mais évidente victoire.

— Tu n'as pas à le savoir. Ça ne compte pas.

— Au contraire... j'ai lu votre livre. Vous êtes bien un *normie*. Mais vous avez une identité. Vous êtes une personne. Si je dois écrire mon histoire, *notre* histoire, il faut que je comprenne avec qui je me trouve.

Elle le vit bouger sur sa chaise, elle pouvait presque sentir son bouillonnement intérieur à travers l'écran.

— Nous parlerons de cela plus tard, Chloé. Par contre, j'ai quelque chose à t'annoncer. Une grande nouvelle : ce soir, nous allons dîner ensemble. Ce sera notre premier rendez-vous. J'aimerais que tu portes la petite robe noire et que le repas soit prêt pour vingt heures précises.

— Attendez, vous n'avez pas répondu à ma question !

Et l'écran s'éteignit, la laissant seule dans sa geôle.

24

Le plat posé au centre de la table fumait, exhalant des arômes d'épices. Chloé, assise droite sur sa chaise, ajusta le décolleté trop plongeant de la fameuse robe noire que l'homme lui avait enjoint de mettre. Elle avait l'impression de jouer une scène déjà écrite par son bourreau. Le tic-tac de l'horloge rythmait une attente interminable. Un cliquetis la fit sursauter et la trappe s'ouvrit en grinçant.

L'homme descendit lentement, toujours dissimulé sous son masque d'acteur. Il portait un smoking bon marché dont l'étroitesse bridait ses mouvements. Il s'assit avec une rigidité maladroite et elle nota la cravate noire trop serrée sur un col de chemise légèrement déformé. Il ne prononça pas un mot pendant plusieurs minutes, mais son regard resta fixé sur elle.

— Un dîner d'apparat ! finit-il par commenter avec une pointe d'ironie, ses mains gantées se posant avec une douceur exagérée sur la nappe blanche.

L'une d'elles tenait le Taser, qu'il plaça à côté de son assiette.

— Je suis désolé d'avoir recours à ce genre de précautions, mais ton comportement est parfois très étonnant, mon amour.

Mon amour. Ces mots lui glacèrent le sang encore plus que toutes les horreurs qu'elle avait vécues dans cette prison. L'homme se pencha vers le plat et reprit avec entrain :

— Poulet basquaise ! Ma recette préférée. On dirait que tu t'es donné du mal.

Chloé observait le moindre de ses gestes, essayant de discerner ses intentions, d'anticiper ses réactions. Ce n'était pas un simple dîner, mais une partie d'échecs où chaque parole comptait et elle n'avait pas d'autre choix que de jouer la comédie, de maintenir l'apparence de sa soumission tout en cherchant désespérément une faille.

— Je pense que le repas sera à votre convenance, parvint-elle à prononcer de la voix la plus assurée possible.

L'homme acquiesça lentement, observant le plat avant de plonger ses yeux froids dans les siens.

— Tu t'es bien adaptée aux règles de la maison, finalement.

Et il poussa son assiette vers le centre de la table, attendant qu'elle le serve. Chloé s'exécuta et, lorsqu'elle avança vers lui, il fit un signe de la main pour l'arrêter et se pencha pour récupérer l'assiette afin de laisser suffisamment d'espace entre eux. *Tu as peur de moi,* pensa Chloé avec jubilation.

L'homme commença à manger avec un enthousiasme vorace. À chaque bouchée, les lèvres en latex du masque s'écartaient pour faire passer la viande. Chloé le regarda dévorer son plat, dégoûtée par ses bruits de mastication et le son des couverts raclant la porcelaine. Cette façon de se nourrir comme un animal affamé renforçait encore la brutalité de sa présence. Une fois son repas terminé, il s'essuya avec une serviette d'un geste délibérément lent puis releva les yeux vers elle.

— C'était vraiment excellent, Chloé. Ça manquait un peu d'assaisonnement, mais je suppose que c'est le stress. La prochaine fois, tu te détendras et tout sera parfait.

Chloé baissa les yeux pour ne pas lui montrer le flot de colère qui brûlait en elle.

— Et toi, tu n'as rien mangé ? constata-t-il d'un air désolé.

— Non… je n'ai pas très faim.

— Ça aussi, ça viendra.

— Si vous enleviez ce masque, je pourrais au moins savoir avec qui je dîne.

— Malheureusement, c'est impossible et je t'ai déjà expliqué pour quelle raison.

— Oui, mais votre véritable visage est certainement beaucoup plus beau que ce bout de plastique.

L'homme ne répondit pas et un silence pesant s'instaura dans la pièce. Chloé se dit que son compliment avait atteint son objectif et qu'il réfléchissait.

— Je suis désolé, Chloé… à une autre époque, peut-être que cela aurait été envisageable, mais plus aujourd'hui. Ce masque est le seul visage que tu pourras voir et il faudra t'en contenter. Je l'ai choisi pour toi, en fonction de tes goûts. Tu te souviens du film *Top Gun* ? Tu l'adorais. Tu me l'as dit un jour.

Chloé se sentit soudain submergée par une violente sueur froide. Il était de nouveau en train d'insinuer qu'ils se connaissaient personnellement, qu'elle lui avait parlé.

— Qui êtes-vous ? On s'est déjà vus, tous les deux ?

— Moi, je t'ai vue… mais toi, tu n'as jamais daigné prendre le temps de t'intéresser à moi. Et c'est pour réparer cette injustice que j'ai construit cet endroit, ce foyer idéal, ce petit nid douillet où tu vas apprendre à me connaître et à m'apprécier.

Le ton de sa voix avait changé. Il était soudain devenu menaçant.

— Mais vous ne pouvez pas me forcer à faire ça. Vous en avez conscience ? Peut-être qu'on aurait pu être amis tous les deux, mais…

— Amis ? Qui te parle d'amis ? Tu vois, c'est exactement ce que je veux t'enseigner ! La seule chose qu'une fille comme toi envisagerait avec un homme comme moi, c'est de le *friend-zoner*. Être amis ?! Tu crois que c'est ça qui m'intéresse ? Pour le reste, tu préfères ton beau Julien.

Il se leva brusquement, la chaise frottant sur le sol dans un grincement strident, et se dressa face à elle, ses deux poings gantés posés sur la table.

— Calmez-vous…

— Je suis calme, Chloé. C'est juste que tout ce que tu dis est tellement prévisible. Mais d'une certaine manière, tu n'y peux rien. Toi aussi, tu es programmée par ton putain d'ADN. Programmée à ne pouvoir aimer qu'une catégorie infime de la population, à n'avoir aucun désir pour des personnes comme moi. Mais ça va changer !

L'homme martela chaque mot avec une violence qui la figea sur sa chaise. Le sourire du masque se transforma en un rictus cruel de moquerie. Elle retint son souffle, prête à bondir s'il se rapprochait.

— Je pense que le dîner est terminé. Je voulais qu'on ouvre le champagne, mais j'avoue que tu m'as un peu agacé. Je propose qu'on aille dans la chambre, mon amour.

Ces mots traversèrent sa chair aussi sûrement que la lame d'un couteau. Son pouls s'accéléra tellement qu'elle l'entendait battre dans ses tempes. Ses mains serrèrent le tissu de sa robe pour le rouler en boule.

— N'aie pas peur… je suis quelqu'un de doux.

— Je… je ne veux pas.

— Tu n'as pas vraiment le choix, dit-il en pointant le Taser dans sa direction. Allez, lève-toi maintenant.

25

Chloé se tenait assise sur le côté du lit. Il l'avait forcée à retirer sa robe pour se retrouver en sous-vêtements et il s'était allongé tout habillé sur le matelas, le Taser toujours à portée. Elle l'entendait respirer difficilement sous son masque et sentait ses yeux de pervers détailler les courbes de son corps.

— Viens me rejoindre, dit-il d'une voix douce en lui faisant signe de sa main libre.

Les idées se bousculèrent dans sa tête. Étant donné la configuration de la pièce, elle pouvait tenter de passer devant lui pour s'enfuir de la chambre. Mais s'enfuir pour aller où ? L'homme avait replié l'escalier métallique et il lui faudrait plusieurs minutes pour le remettre en place.

— Viens, je te dis, répéta-t-il de manière plus autoritaire.

Elle se retourna, les yeux pleins de larmes, et glissa sur un côté pour rejoindre le coin opposé du lit, masquant son corps sous les draps.

— Tu es magnifique, Chloé, la plus belle femme que j'aie jamais vue. Et je le pense depuis la première fois que je t'ai rencontrée.

Chacun de ses mots lui donnait la nausée.

— Vous n'êtes pas obligé de me forcer à faire ça…, dit-elle d'une voix sans timbre.

— De te forcer ? Lorsque deux personnes sont amoureuses, elles éprouvent du désir, non ?

— Nous ne sommes pas amoureux.

— Pas encore. Mais ça viendra.

Il posa son Taser sur ses jambes et retira lentement un de ses gants. Une lumière rouge clignota dans la tête de Chloé. C'était le moment, elle pouvait se jeter sur l'arme, le foudroyer et s'enfuir. Ses muscles se contractèrent, mais rien ne se produisit. Son corps lui sembla sans vie. Inerte. L'homme reprit le pistolet, plaça sa main nue sur celle de Chloé et commença tout doucement à la caresser du doigt. Ses yeux fixaient le visage de la jeune femme avec une intensité qui la terrifia. Elle retira sa main et se roula en boule aussi loin de lui qu'elle le put sans tomber du lit.

— Je ne vais pas te forcer. Je ne suis pas comme eux… ces hommes avec lesquels tu couches depuis toujours. Ce que je désire, c'est ton bonheur. C'est pour ça que j'ai construit cette maison, notre maison.

Il se redressa d'un coup pour se retrouver assis contre un oreiller, engoncé dans son costume trop petit, et tourna tout son corps vers elle.

— Ensemble, Chloé, nous allons changer l'ordre des choses. Nous allons lutter contre le déterminisme qui ronge ce monde. Est-ce que tu te rends compte de l'importance de notre amour ? C'est peut-être le début d'une révolution.

Mais elle se tenait recroquevillée, la tête enfoncée dans la poitrine, les jambes repliées, et la seule réponse qu'elle lui donna fut un sanglot. La main de l'homme passa sous les draps pour lui toucher l'épaule et le contact provoqua une décharge électrique de dégoût.

— Tu as senti ça ? C'est cette connexion particulière entre nous qui fera la différence. Ce lien qui nous unit. Je savais que tu comprendrais.

Le matelas bougea par petites vagues alors qu'il se rapprochait d'elle et penchait son visage près de son cou, son souffle chaud s'échappant entre les lèvres en latex. Un instant, elle s'imagina se retourner brusquement et griffer ce masque de cauchemar pour réduire sa peau en lambeaux, mais son corps refusait toujours de lui obéir. La peur la figeait dans une passivité morbide. La bouche de l'homme se colla contre sa nuque et il y déposa un baiser humide, aussi répugnant que désagréable. Il pressa son bassin contre le sien en écartant le drap d'un geste lent et Chloé sentit ses muscles se raidir un peu plus. Une vague de tétanie commença à la submerger. De la pointe des pieds, elle remonta le long de ses jambes jusqu'à ses fesses, sa poitrine et son visage. Pas un centimètre carré de sa peau n'échappa à cette violente contraction. C'était un processus ultime de défense contre le monstre qui se frottait à elle. Elle allait mourir ici, maintenant. Elle ouvrit la bouche et poussa un râle animal dont elle ne reconnut aucun son. Et c'est alors que ça se produisit. Son esprit lui sembla se détacher et glisser hors de son corps. Elle n'était plus dans le lit, mais quelques dizaines de centimètres au-dessus. Elle observait l'homme se presser contre elle, ses doigts caressant une enveloppe vide crispée par la terreur. Elle n'était plus qu'une spectatrice de l'horreur.

Au bout de quelque temps, l'homme passa une main dans son pantalon et se décolla d'elle. Elle le vit s'agiter tout seul, visiblement confus, et reprendre ses distances. D'un coup, son refuge disparut et elle sentit revenir la douleur des muscles raidis, du cœur qui battait à la limite de la rupture. Elle était de retour.

— Je suis désolé, mon amour… je… j'ai malheureusement une petite panne… et je ne voudrais pas gâcher notre nuit de noces.

Chloé ne répondit rien. Comment l'aurait-elle pu. Elle entendit ses dents grincer, tant elle serrait la mâchoire.

— Je pense que je vais rentrer me reposer un peu. Nous nous verrons plus tard. J'ai passé une soirée délicieuse. Fais de beaux rêves. Je t'aime.

Il quitta la chambre, dépliant l'escalier métallique pour rejoindre l'extérieur. Elle devina le bruit sourd de la trappe et le cliquetis d'un cadenas et puis plus rien, à part le tic-tac de l'horloge. Et elle pleura tout le reste de la nuit.

26

Elle passa les jours suivants à cogiter sur les événements de cette soirée. Son corps l'avait abandonnée au pire moment. Chloé se sentait trahie. Comment réussirait-elle à s'échapper si ses forces ne se mobilisaient pas lorsqu'elle avait l'occasion de le faire ? Il fallait qu'elle s'endurcisse, qu'elle dépasse la peur et l'angoisse pour devenir une créature froide et calculatrice. À la moindre erreur de son bourreau, elle devait frapper sans aucune hésitation, retenue ni pitié. Elle était en guerre.

Elle décida donc de dédier ses journées à la planification de sa fuite et commença par établir une carte mentale précise de sa prison. Sous couvert de faire le ménage – une des tâches obligatoires de la liste –, elle compta et apprit par cœur le nombre de pas de chaque distance à l'intérieur de chaque pièce. Dix pas entre le mur du salon et le couloir, cinq jusqu'aux briques de la fausse porte, trois pour la cuisine, quatre pour la chambre. Ces distances se transformèrent en secondes et au bout de quelque temps, elle devint capable de calculer avec précision sa vitesse. Elle décida aussi d'inventorier mentalement quelques objets qu'elle pourrait utiliser comme armes. Un presse-papiers en cristal assez lourd, une statuette en céramique de taille parfaite pour une prise en main rapide, un chandelier aux branches métalliques robustes. Dans le cagibi étaient rangés quelques produits de nettoyage, de l'alcool à brûler, du détergent, autant de composants chimiques qui pourraient servir sa cause. Pourquoi ne pas l'empoisonner au prochain repas ? Non, c'était trop risqué. Et s'il mourait là-haut et qu'elle se retrouvait enfermée à jamais ? Cette idée la terrorisa un peu plus.

Elle s'efforçait de rester méthodique, d'analyser froidement ses perspectives, mais dans le creux de son estomac, un feu commençait à s'attiser. Elle allait lutter jusqu'à la mort. Elle devait aussi se méfier des caméras dont le champ couvrait quasiment toutes les pièces, salle de bains comprise. Elle chercha des angles morts et finit par trouver un emplacement d'à peine un mètre de diamètre situé juste à l'entrée du couloir. À cette place précise, aucun des yeux rouges ne pouvait l'atteindre. Cela devint son sanctuaire. Elle s'y installait pour noter ses calculs et ses plans sur une feuille qu'elle dissimulait dans un bocal de la cuisine. Si l'homme remarquait le moindre signe de rébellion, il serait sur ses gardes. Il fallait qu'elle attende, qu'elle joue la captive obéissante jusqu'à ce que l'instant idéal se présente.

Dans les jours qui suivirent, son ravisseur augmenta ses manœuvres de pression mentale. La télévision du salon commença à s'allumer par intermittence, dévoilant des images morbides. Elles défilaient à la manière d'un clip monté sur une musique techno industrielle, et malgré ses tentatives Chloé n'était pas en mesure de couper le son. On y voyait un jeune homme au visage impassible, aux yeux vides, filmé par des caméras de surveillance. Il marchait dans les rues d'une ville étrangère, peut-être aux États-Unis, une arme à la main. Et soudain

Chloé frémit d'horreur. Il tira sur une femme, puis une autre, continuant son chemin comme si de rien n'était. Un photomontage de sa tête auréolée d'une couronne de lauriers apparaissait régulièrement en surimpression, comme un logo, avec la mention *Saint ER, priez pour nous* ou *Go ER ! Go.*

Ce clip atroce passait encore et encore, laissant supposer que cet assassin était un héros pour son ravisseur. La diffusion était parfois entrecoupée d'images du film *Matrix* et Chloé fit immédiatement le lien avec les citations du carnet rouge et cette histoire de pilule. Dans *Matrix*, le personnage principal se voit offrir le choix d'avaler ou non une pilule rouge. S'il refuse, il retournera à sa vie normale. S'il accepte, il découvrira la véritable réalité, celle qui lui est aujourd'hui cachée.

Ce mec était dingue ! Pour lui, la pilule rouge, c'était comprendre les vraies relations entre les hommes et les femmes. Son idéologie, mélange de croyances discriminatoires eugénistes et de misogynie mixé à de la pop culture, lui donnait envie de vomir. Elle l'imaginait tranquillement installé devant son écran de surveillance, jouissant de la voir regarder ces tueries atroces. La détermination de la jeune femme se renforça et, avec elle, la certitude qu'elle serait prête à tout pour survivre.

Au bout de trois jours sans aucune nouvelle de son ravisseur, la télévision de la chambre finit par s'allumer et le visage masqué apparut devant une image montrant un moulin et un champ de lavande.

— Comment vas-tu, Chloé, depuis notre dernière rencontre ?

— Bien… je me suis occupée de la maison, répondit-elle avec un entrain qui l'étonna elle-même.

— J'ai vu ça. Tu n'as pas chômé, dis donc. Une vraie fée du logis. C'est bien. J'ai un petit cadeau pour toi, en rapport avec un projet.

— Un projet ?

— Oui. Avoir des projets, c'est un peu le ciment du couple, non ? En tout cas, c'est ce qu'ils écrivent dans les magazines de bonnes femmes.

Chloé ne répondit pas, elle répugnait à imaginer ce qui pouvait se tramer dans le cerveau de ce taré.

— Reste dans la chambre, je vais ouvrir la trappe et te déposer ça tout de suite, dit-il avec excitation, et elle le vit disparaître de l'écran.

Chloé compta les secondes dans sa tête. Il se passa moins de trois minutes avant que le bruit caractéristique de la serrure ne se fasse entendre dans le plafond du couloir. Le poste d'observation de l'homme était donc tout près. Elle attendit le raclement métallique mais il y eut un long silence. L'escalier ne sembla pas se déplier. Elle quitta le lit pour se rendre à l'entrée de la chambre et risqua un regard à l'extérieur. Une corde au bout de laquelle pendait un panier en osier descendait à un rythme régulier jusqu'à atteindre le sol. À l'intérieur, une boîte en carton sur laquelle étaient inscrits les mots *SURE BLUE*. Chloé se rapprocha et la saisit pour confirmer ses craintes. C'était bien ce qu'elle redoutait. Le cadeau de son ravisseur était un test de grossesse.

— Pourquoi vous me donnez ça ? cria-t-elle vers la trappe avec colère.

Aucune réponse, seulement un silence lourd et sinistre. Puis la voix de l'homme se fit entendre depuis l'obscurité.

— On en parlera ce soir au dîner.

27

— Tout être humain a besoin de continuité, tu ne crois pas ?

L'homme dévorait son assiette de poulet, déchirant la chair entre ses lèvres de latex. La bouteille de champagne, symbole d'une célébration forcée, était ouverte et à demi consommée. Chloé avait veillé à ce qu'il boive, mais en faisant traîner sa propre consommation pour garder le contrôle absolu sur la suite des événements. En préparant le repas, elle s'était arrangée pour placer ses armes potentielles à des endroits stratégiques. Une dans chaque pièce, prête à être utilisée en cas de besoin. Au milieu de la table se trouvait la boîte du test de grossesse et, malgré ses efforts, Chloé n'arrivait pas à la quitter des yeux.

— Votre continuité…

Il s'arrêta de manger, la regardant fixement. Son masque, bien qu'immobile, sembla prendre un air plus sombre. Il laissa sa fourchette racler l'assiette et saisit sa coupe pour la vider.

— Non, la nôtre, Chloé. J'ai déjà pensé à tout. Il y a une pièce derrière la porte du couloir. Je vais la transformer en chambre d'enfant et nous allons pouvoir accueillir le bonheur ici, dans notre foyer.

— Ce bonheur dont vous parlez, ce n'est pas la vie que je veux, répliqua-t-elle, sa voix ne trahissant rien de la rage froide qui montait.

L'homme s'essuya la bouche avec une serviette, comme si c'était son véritable visage, avant de répondre.

— Mais tu ne sais pas vraiment ce que tu veux. Tu as passé ton existence à fuir les choix essentiels. À te référer uniquement à ta programmation biologique. Tu n'y peux rien, Chloé, c'est l'évolution qui est responsable... pas toi.

— Vous parlez de choix, mais vous m'imposez le vôtre. Et le contenu du carnet rouge, cette fameuse théorie, qui vous dit qu'elle est vraie ?

Il pencha la tête sur le côté et son sourire factice s'élargit un peu plus.

— Ta réaction est tellement prévisible. Nier la vérité pour échapper à la réalité. C'est ce que vous faites toutes. Non, Chloé, tout ça, c'est vrai... Je t'offre la possibilité d'une vie meilleure, un retour aux valeurs essentielles. Un foyer aimant dans lequel ton enfant et toi ne manquerez de rien. J'ai choisi pour nous deux.

— Vous dites que vous m'aimez, que vous ne souhaitez que mon bonheur, mais au fond de vous il n'y a que de la haine. Envers moi et toutes les femmes...

— Comment peux-tu dire une chose pareille ?

— Les vidéos que vous me forcez à regarder. Des images de massacre sur lesquelles un taré tue des femmes dans la rue...

— Ne parle pas de saint Elliot de cette manière ! C'est un martyr pour notre cause ! coupa l'homme avec un regard menaçant que Chloé n'hésita pas à soutenir.

— Votre cause ? Parce que vous êtes nombreux à croire à ce délire ?

— Nous sommes légion, Chloé, et notre colère gronde. Ce qui se passe ici, c'est une flamme qui va déclencher un brasier. Un avertissement pour tous les mâles dominants et les femmes comme toi. Vous ne pourrez plus nous ignorer et faire de nous des sous-hommes.

— Vous êtes malade. Vous avez besoin de soins psychiatriques…

Chloé regretta immédiatement d'avoir prononcé ces mots, car elle le vit se raidir d'un coup en se levant de sa chaise.

— Je pense que le dîner est terminé. Que dirais-tu d'aller dans la chambre pour réaliser notre projet ? Cette fois, je me sens en pleine forme.

Il avait saisi la poignée de son arme dans un geste qui ne laissait aucune ambiguïté sur ses intentions. Malgré la peur, elle se dressa face à lui, comptant deux pas pour se rapprocher du plan de travail.

— Vous allez faire quoi ? Me violer pour réaliser votre rêve ?

— Si tu m'y forces, oui. Mais tu peux aussi prendre du plaisir.

La haine qu'elle dissimulait depuis des jours commença à lui faire des nœuds dans le ventre. Elle repensa à la nuit où elle s'était sentie sortir de son corps, spectatrice des violences qu'il lui faisait subir, incapable de se défendre. Cette fois, elle était maîtresse de ses mouvements et, peu importe sa terreur, rien ne l'empêcherait de se battre.

— Allez, avance, dit-il en pointant le Taser dans sa direction.

C'est à cet instant précis qu'elle agit. Sa main avait trouvé le pied du chandelier à l'exact emplacement où elle l'avait posé. Elle l'attrapa fermement et frappa de toutes ses forces sur l'avant-bras de l'homme, qui hurla de douleur en lâchant le pistolet. Sans même y prêter attention, Chloé abattit cette fois son arme sur le visage de son ravisseur et sentit un choc sourd sur son crâne. Il s'affala en arrière et tomba sur le lino, renversant sa chaise au passage. Elle ne perdit pas une seconde et bondit dans le couloir pour rejoindre l'escalier mécanique. Elle l'avait vu le déplier à plusieurs reprises. Il fallait actionner une petite manette située à un mètre quatre-vingts du sol. Chloé prit son élan et réussit à l'atteindre du premier coup, entraînant le déploiement du volet de marches qu'elle gravit à toute vitesse.

Arrivée au sommet, elle poussa la trappe et entendit le cliquetis d'une chaîne dont les maillons frottaient les uns contre les autres. Impossible d'ouvrir. Un flot d'adrénaline se déversa dans son corps alors qu'elle cognait la porte de sa prison à s'en briser les mains. Au bout de quelques secondes, elle remarqua le petit cadenas dissimulé sur un côté. L'homme avait pris ses précautions. Est-ce qu'il se doutait de ses préparatifs ? Quoi qu'il en soit, elle n'avait aucune chance de s'échapper sans la clé de ce cadenas, qui se trouvait certainement sur lui. Elle fit donc demi-tour, serrant son arme contre sa poitrine. L'homme était toujours au sol, immobile, le latex masquant ses yeux dont les paupières semblaient fermées. Elle s'approcha prudemment, prête à frapper, et tendit une main vers la poche de son smoking bon marché.

Ses doigts frôlèrent quelque chose de métallique. Elle s'apprêta à le saisir mais l'homme poussa un grognement guttural. Chloé fit un bond en arrière et hésita à l'achever définitivement avec son chandelier. Un sentiment de dégoût l'envahit : elle en était totalement incapable. Elle se concentra donc sur son objectif et réussit à récupérer la clé.

Emplie d'une vigueur nouvelle, elle gravit l'escalier comme un cabri avant d'ouvrir le verrou. Elle y parvint sans difficulté et entendit un déclic confirmant que le bras en acier s'était détaché pour libérer la chaîne. C'est alors qu'un étau puissant la saisit par la cheville et tira en arrière. La surprise l'empêcha de s'agripper, elle glissa le long des marches et retomba sur le sol. Au-dessus d'elle se tenait la silhouette de l'homme, son masque suintant une coulée de sang noir sur sa robe. Il tendit vers son visage une petite bonbonne dont il pressa la détente pour libérer un nuage de gaz qui lui brûla les muqueuses. Une douleur fulgurante la submergea, comme si chaque nerf de son corps était en feu, puis il la saisit par la gorge et commença à serrer jusqu'à ce que le monde s'éteigne autour d'elle.

28

Chloé se réveilla en sursaut. Une humidité malsaine imprégnait chaque fibre de ses vêtements, la glaçant jusqu'aux os. Petit à petit, elle perçut la morsure du métal sur sa peau endolorie puis le poids des chaînes la reliant au mur de son insalubre prison. Ses yeux discernèrent bientôt l'étroitesse de la pièce, l'escalier en béton et les trois points rouges, froids et calculateurs, trahissant la surveillance de son geôlier. L'effet du gaz persistait dans sa gorge, la déchirant d'une brûlure sèche. Chaque respiration était un effort. Elle se rappela les mains qui serraient, son souffle de plus en plus court jusqu'à s'éteindre. Elle pensait qu'il allait la tuer, que ce serait la fin de son calvaire. Dans ce dernier instant, elle avait entrevu le visage de Julien. Où était-il ? Pourquoi ne venait-il pas la sauver ?

Mais la mort ne l'avait pas encore prise. Dans la froideur de l'eau croupie, ses membres engourdis commencèrent à s'animer de frissons électriques et elle gémit de douleur. Depuis combien de temps était-elle dans ce trou ? Son estomac gargouilla pour lui donner un élément de réponse. Longtemps… au moins une journée, deux peut-être ? Et si l'homme ne revenait pas ? S'il l'abandonnait ici pour la punir de sa tentative d'évasion ?

S'il prenait plaisir à la voir dépérir lentement jusqu'à ce que les rats viennent se disputer sa carcasse ?

Cette idée se mit à la ronger. Depuis son enlèvement, elle n'avait cessé de se battre, mais tout espoir semblait perdu. Elle ne sortirait jamais de sa prison. Elle était condamnée à devenir la femme soumise, l'objet sexuel que son bourreau voulait façonner avec son idéologie atroce. Et même si elle avait réussi à le repousser cette fois, il finirait par la violer, et après… Elle repensa au test et à la chambre d'enfant qu'il souhaitait construire. Peut-être était-il en train de le faire en ce moment même. Un bébé ? Ici ? Dans cet enfer en carton-pâte ? L'idée de ce petit être grandissant entre quatre murs, avec pour seule vision du monde extérieur des paysages factices et des images de violence... Comment pourrait-elle supporter ça ? Non, elle ne pouvait pas se résigner. Si elle ne le faisait pas pour elle, c'est pour cet enfant à venir qu'elle devait lutter. Chloé sentit la rage s'emparer d'elle et se redressa en tirant sur ses chaînes. Elle ne les briserait pas, ça non. Elle fixa le triangle rouge avec un air de défi et cracha dans sa direction. Si les caméras étaient allumées, c'est qu'il était là, dans son poste d'observation. Elle saisit ses entraves et les envoya bruyamment cogner contre le mur en béton. La pièce s'emplit de l'écho de ses coups.

— Regarde-moi ! rugit-elle, sachant que ses mots étaient captés par les micros. Regarde ce que tu as créé, espèce d'ordure ! Une guerrière, pas une victime !

Elle redoubla de violence et le métal commença à arracher des fragments du mur de sa prison. Chloé sentit ses muscles se contracter jusqu'à la rupture, mais elle ne céda pas. La sueur coula dans ses yeux, amplifiant la brûlure des gaz toxiques. Elle tira, poussa, tordit l'acier de ses entraves sans se soucier de la douleur. Du sang se mit à couler à l'endroit où sa peau frottait contre le métal.

— Je viens pour toi !

Son cri s'intensifia jusqu'à devenir un hurlement primitif, un appel à la vengeance si guttural qu'il semblait ne pas provenir de sa bouche, mais prendre racine tout au fond de son être. Elle frappa sans relâche jusqu'à ce qu'enfin le crochet se détache du mur, tombant avec fracas sur le sol. Chloé s'effondra de fatigue, libre, mais épuisée par l'effort surhumain qu'elle venait de déployer. Elle redressa la tête, les yeux luisants de détermination, et fixa de nouveau l'objectif pour le défier. Elle se leva difficilement, ses jambes peinant à la porter, le regard toujours tourné vers l'œil rouge.

— Et maintenant il va falloir que tu m'ouvres, sinon c'est toute cette prison que je vais bousiller !

Elle se dirigea vers l'escalier pour rejoindre la porte de son cachot. Une porte en acier, massive, froide, impossible à forcer. Chloé ne se faisait aucune illusion sur ses chances, mais elle brandit haut les chaînes qu'elle avait transformées en instrument de sa lutte et commença à les abattre dans un chaos de crissements métalliques assourdissants. Chloé savait qu'elle ne pourrait pas maintenir cet assaut éternellement, que ses forces la quitteraient peu à peu malgré la rage, mais il ne fallut que quelques minutes d'effort avant que la voix de l'homme ne l'interrompe.

— Calme-toi, je vais t'ouvrir.

Et malgré la douleur, malgré le désespoir, malgré l'issue certainement tragique de sa situation, elle prit cela comme une victoire.

29

Elle passa trois jours entiers dans la chambre, affalée sur le lit, les muscles tétanisés à cause des séquelles de son agression et du séjour prolongé au trou. L'homme avait fini par la libérer, mais n'était pas réapparu depuis, l'abandonnant dans un sale état. L'empêchant d'abord de s'alimenter, la douleur dans sa gorge s'estompa progressivement, mais la puissance de l'étranglement lui avait laissé deux marques boursouflées sur la peau.

Dès qu'elle fut capable de se lever, Chloé essaya d'éteindre la télé du salon, mais il réussissait à la rallumer à distance, quelles que soient ses tentatives. Les images de massacre, le fracas des armes à feu et l'hymne à la gloire de « saint Elliot » devinrent si omniprésents qu'elle finit par s'y habituer. Bande-son atroce d'un supplice sans fin. Au bout d'une semaine, les provisions du frigo étaient terminées, et Chloé commença à se demander si elle reverrait un jour son geôlier. Mais c'était peut-être son intention, la forcer à avoir si faim qu'elle serait soulagée qu'il vienne la sauver ? Dompter sa rage en l'épuisant jusqu'aux limites de la mort. Elle se mit à errer de pièce en pièce, collant ses oreilles contre les murs au moindre son suspect. Il avait parlé d'une salle cachée derrière les briques. Peut-être devait-elle employer ses dernières forces à creuser pour trouver une issue ? Elle chercha donc un outil suffisamment robuste pour l'aider dans cette tâche, mais ses tentatives se soldèrent par un échec. Les murs de sa prison étaient bien trop solides. Combien de temps survivrait-elle sans nourriture ? Une semaine ? Deux peut-être, en mélangeant un peu de sucre à de l'eau. Elle allait lentement dépérir. Une interminable agonie. Ses muscles fondraient peu à peu pour ne laisser que la peau sur ses os. Elle deviendrait un fantôme abandonné dans son caveau. Silhouette famélique semblable à celle des enfants qu'elle avait croisés dans les camps somaliens. L'espoir la quitta et elle se coucha sur le matelas de la chambre. Prête à attendre la mort. C'est alors qu'elle entendit le grincement de la trappe. Chloé se redressa d'un bond, parée à faire face. Mais cette fois le bruit fut différent. Les chaînons du cadenas atterrirent sur le sol dans un vacarme assourdissant et deux silhouettes se dessinèrent dans l'obscurité. Un homme blond à l'allure athlétique, passa la tête dans le trou puis actionna l'escalier. La seconde, une jeune femme en sweat à capuche, tenait fermement une caméra, son objectif pointé droit vers le couloir en dessous d'elle. Chloé cligna des yeux, à la fois abasourdie et débordante d'espoir. Qui étaient-ils ? Des sauveteurs ? Des complices ?

L'escalier métallique se déploya lentement et les visiteurs descendirent d'un pas prudent. Ils portaient tous les deux des pantalons à larges poches et des sacs à dos d'où dépassait un fatras d'outils, de lampes torches et de matériel vidéo. Chloé crut apercevoir la mention *Urbex TV* sur un sticker collé à la toile d'une pochette. L'homme posa un pied sur le lino usé. Il était grand, très costaud et il se retourna pour aider la fille à transporter la caméra. Chloé resta muette, dissimulée dans l'entrée de la chambre. Elle les observa longuement, scrutant leurs visages comme un animal apeuré. C'est à ce moment-là que le garçon la remarqua.

— Madame… tout va bien ? Vous étiez enfermée là ?

Sa bouche s'ouvrit pour répondre, mais l'émotion était telle qu'aucun son n'en sortit.

— Elle est en panique…, dit l'homme en approchant doucement. Ne craignez rien… on va vous aider.

La fille offrit un sourire timide mais rassurant, ses mains tremblèrent tout en tenant la caméra devant elle pour filmer Chloé.

— Tout est enregistré, dit-elle sans dissimuler sa nervosité.

Ce n'était pas un piège. Chloé comprit subitement que le destin lui offrait une chance d'échapper à cet enfer. Mais il fallait faire vite. Très vite.

— Il faut partir d'ici. Tout de suite, gémit Chloé les yeux brillants d'espoir.

— C'est quoi cet endroit ?

— Ma prison. Je suis séquestrée ici depuis… je ne sais pas. Il n'y avait personne là-haut ?

— Non. On est tombés sur cette trappe par hasard, répondit l'homme en inspectant rapidement le couloir. Y a personne dans ces ruines depuis longtemps.

— Mais où sommes-nous exactement ?

— Dans la forêt de la Treille. C'est l'ancien sanatorium.

La Treille ? Ce nom lui rappela quelque chose. Cet endroit se situait dans un parc naturel où elle avait l'habitude de faire des randonnées avec Julien. C'était à une dizaine de kilomètres à peine du centre commercial où on l'avait enlevée. Elle sentit soudain une vague d'angoisse l'envahir.

— Il va revenir… il faut partir… vite !

L'homme s'était engouffré dans la chambre en faisant signe à son amie de le suivre avec la caméra.

— C'est dingue, cet endroit… Un faux appart ! Imagine le nombre de *views* qu'on va se faire !

— Non, vous ne comprenez pas ! Il est dangereux et il va revenir. Il *faut* partir. Maintenant !

— Du calme, on va juste filmer un peu avant, il nous faut plus de matière.

Malgré les supplications de Chloé, ils firent le tour de toutes les pièces avant de la rejoindre dans le couloir. Elle hésita à partir, à s'enfuir seule tant que c'était encore possible, mais elle ne put se résigner à les abandonner là.

— T'as tout ?

— Ouais répondit la jeune femme en fixant l'écran de retour.

— OK, on y va.

Et le trio remonta l'escalier métallique pour déboucher dans un réseau de salles plongées dans les ténèbres.

— L'échelle qui mène à l'extérieur est par là, dit le jeune homme en s'engageant dans une direction, les deux femmes à sa suite.

— Attendez une seconde…

Chloé avait aperçu plusieurs câbles noirs courant le long du sol jusqu'à disparaître dans un trou percé dans le béton. Derrière la porte voisine se cachait une petite pièce où trônaient toute une série d'écrans plats et une console contrôlant des caméras thermiques. Sur le côté, un fauteuil et plusieurs bouteilles de bière.

— C'est là qu'il était, murmura-t-elle alors que ses yeux fixaient les images de sa prison désormais vide. Il n'a jamais cessé de me regarder.

La jeune fille à côté d'elle commença enfin à prendre la mesure de la situation. Elle vérifia son téléphone portable, mais le rangea aussi vite en constatant qu'elle n'avait aucun signal.

— Elle a raison, faut se barrer d'ici et appeler les flics.

Ils progressèrent avec une urgence fébrile en essayant d'étouffer au mieux le bruit de leurs pas sur le sol poussiéreux de ce labyrinthe et finirent par déboucher dans une salle étroite où une échelle en fer était maçonnée dans le mur. Au sommet, Chloé aperçut une nouvelle trappe. Le blond grimpa rapidement les barreaux et prit une lampe torche pour éclairer la pièce qui se trouvait au-dessus.

— C'est bon, on peut y aller.

La jeune fille le suivit jusqu'en haut et disparut un instant avant que son visage ne se penche à nouveau vers Chloé depuis l'ouverture.

— Venez, tout va bien.

Elle saisit l'échelle sans hésiter et sentit la froideur du métal sous ses doigts. Dans quelques secondes, elle sortirait de cet enfer pour retrouver le monde extérieur. Sa vie, son travail, son mari. Il lui faudrait du temps pour se reconstruire, mais elle savait qu'elle en était capable. Un souffle aux relents d'humidité s'engouffra dans l'ouverture et elle y décela l'odeur des pins. La forêt n'était pas loin. Alors qu'elle se trouvait à mi-hauteur, un cri aigu déchira l'air et la jeune fille disparut de son champ de vision.

— Qu'est-ce qui se passe ? gémit Chloé en accélérant le rythme.

Une terreur profonde s'empara d'elle à mesure qu'elle se rapprochait de la trappe. Soudain, un fracas sourd lui parvint d'au-dessus, suivi de bruits étouffés puis d'un hurlement. Son esprit s'affola, ses muscles se raidirent. Elle atteignit enfin le dernier échelon, ses doigts effleurant la surface d'un sol humide. Mais alors qu'elle relevait la tête pour franchir le seuil de sa prison, le visage de son bourreau apparut, à peine dévoilé par le faisceau d'une lampe torche. Son masque grotesque semblait mal fixé et formait des vagues qui lui donnaient une expression de colère. Il lui lança un regard glacial et, sans un mot, d'une poussée brutale, fit s'abattre le volet de la trappe sur elle. Le choc fut immédiat, la douleur fulgurante. Chloé perdit l'équilibre, son corps tomba en arrière dans une chute vertigineuse et son dos heurta le béton avec une violence telle que toutes ses pensées s'éteignirent. La peur et l'espoir disparurent pour ne laisser qu'un abîme. Son rêve de liberté venait de se briser.

PARTIE TROIS

MICKAEL

30

— Allez les gars, soyez des hommes, affirmez-vous !

Le groupe s'était réuni en cercle, genoux pliés, bras levés vers le ciel, effectuant de grands gestes pour venir taper leurs cuisses en hurlant « Ka mate ! Ka mate ! Oh ! Ohh ! » dans une tentative de haka qui aurait fait sourire un Maori. Mickael portait un short trop court laissant dépasser de longues jambes maigres et poilues. Il observait en rigolant intérieurement son pote Vic qui beuglait des « Ouhaaa ! Ohh ! Ohh ! » en faisant la grimace. Un type chauve aboya dans leur direction.

— À la voiture ! Allez ! Vite, vite !

Et le groupe se divisa sur le parking dans un cortège de cris de bêtes.

Ils s'étaient inscrits tous les deux à ce stage de quatre jours en pleine forêt pour « réaffirmer leur masculinité ». Bien isolé au fond d'une vallée, le camp de base réunissait une centaine de participants encouragés à affirmer leur virilité à travers une série d'épreuves sportives et de conférences sur le sujet.

Gabriel, le leader du camp Alpha Male, avait expliqué qu'ils devaient absolument apprendre à mesurer leur force et à s'en servir pour être de « vrais » hommes. Mickael se joignit donc à la meute de guerriers en survêtements

Decathlon et shorts aux couleurs flashy qui s'accumula à l'arrière d'une vieille Peugeot, mains contre le coffre, et poussa de toutes ses forces. Vic, plus grand et plus gros que lui, soufflait comme un cheval au galop.

— Allez, on donne tout ce qu'on a ! Sortez vos couilles ! *Go, go,* bande de fiottes ! hurla le chauve qui s'était autoproclamé leader alors que le véhicule prenait de la vitesse sur la route de campagne où se tenaient les épreuves.

Au bout d'une centaine de mètres, la voiture roulait à bonne allure et le gars au volant fit une courbe et donna le coup de frein qui annonçait leur victoire. Le groupe se mit à gémir, imitant le grognement des loups et partit en courant vers la zone de rassemblement. S'ensuivit une série d'accolades viriles, corps contre corps, barbe contre barbe, durant lesquelles ils échangèrent fraternellement leur sueur et leurs encouragements.

— T'es un bon, gros ! se vit complimenter Mickael par un type adipeux qui transpirait comme un cochon.

Après l'épreuve de la voiture, Gabriel leur avait prévu une course d'orientation dans les bois, histoire de booster leur esprit de cohésion masculine. Vic et Mickael s'étaient mis dans la même équipe et ils s'étaient retrouvés boussole en main à crapahuter entre les pins pour rejoindre le Q.G. où les attendait une collation.

Mickael adorait la nature, il l'avait toujours aimée. Gamin, il s'y perdait des heures entières pendant que ses copains s'amusaient à la plage ou à la piscine. Et cela n'avait rien à voir avec le fait qu'il détestait son corps trop maigre et passait ses journées en tee-shirt quand les autres garçons se pavanaient torse nu. Non. À l'époque, sentir le mistral dans ses cheveux, assis sur une souche à grignoter des pignons, lui semblait la plus belle activité au monde. « Mickael, c'est un rêveur, un poète », commentait souvent son paternel avec une pointe de moquerie. « Dans quelques années, tout ce qu'il voudra, c'est sauter des gonzesses. » C'est sur ce point précis que ça s'était gâté. L'envie était effectivement venue assez rapidement mais pas la manière d'y arriver. Malgré ses tentatives répétées, il n'avait jamais su s'y prendre et était resté puceau beaucoup trop longtemps.

— Bougez-vous, les gars, on va rater le colloque ! cria le type chauve en dévalant une colline écrasée par le soleil.

Mickael parcourut les derniers kilomètres, ses chaussures glissant sur le sol terreux, et s'arrêta, essoufflé, au bord d'une clairière. Devant lui se dressait le camp de base. Un bâtiment bas, massif, avec des murs en bois sombre. Une large pergola marquait l'entrée encadrée de torches en métal qui attendaient la nuit pour projeter leurs lueurs, donnant à l'ensemble un côté médiéval. La plupart des participants avaient l'air épuisé mais heureux.

Après un passage rapide à la buvette, ils se rendirent dans la salle où Gabriel leur avait concocté un exposé sur le « rapport homme/femme ». Mickael poussa la porte de la salle de conférences. Devant lui, les rangées de sièges disposées en demi-cercle étaient déjà presque toutes occupées. Gabriel se tenait au centre, parfaitement immobile, un mince sourire aux lèvres. Il dégageait une assurance magnétique. Grand et élancé, il s'était changé pour enfiler une chemise blanche dont les manches étaient retroussées jusqu'aux coudes, révélant des avant-bras solides. Ses cheveux, légèrement ondulés, lui donnaient un air sage. Mais c'étaient surtout ses yeux qui captaient l'attention. D'un gris perçant, ils scrutaient chacun des visages présents avec une sorte de bienveillance fraternelle. Mickael s'assit à côté de Vic et ils échangèrent un regard dubitatif, interrompu par la voix profonde et douce de leur orateur. Gabriel se lança dans un long discours essentialiste expliquant toutes les différences qu'il y avait à avoir un corps d'homme par rapport à celui d'une femme. Une peau épaisse pour pouvoir affronter l'extérieur et des travaux plus rudes. Une force musculaire accrue permettant de se dresser contre le danger et plaçant de facto le mâle dans un rôle de protecteur. C'est donc lui qui gérait les menaces pendant que la femme s'occupait de son intérieur. Cette connaissance du monde du dehors faisait naturellement de lui un bien meilleur guide pour indiquer la bonne direction et même rappeler les règles de survie. Et bien sûr, l'homme possédait des « attributs » dont il fallait se servir pour créer la vie et prendre du plaisir.

Vic et Mickael n'adhéraient pas vraiment à cette idéologie. Ils avaient la leur, beaucoup plus tranchée, beaucoup plus radicale, beaucoup plus scientifique aussi. Leur transformation s'était opérée d'une manière étrangement similaire. Après les années de galère amoureuse de l'adolescence, ils s'étaient résignés à une série de relations décevantes avant de chercher les raisons de leurs échecs sur Internet. D'abord sur des forums de jeux vidéo, puis à travers les posts d'influenceurs TikTok. C'est là qu'ils s'étaient rencontrés, s'étant laissé convaincre tous les deux de s'inscrire à un cours de drague en ligne. Ils avaient fini par abandonner, comprenant qu'ils donnaient leur temps et leur argent à un escroc, mais dans l'intervalle ils avaient sympathisé et décidé de faire un bout de chemin ensemble. C'est sur un sous-forum qu'ils avaient découvert la porte vers la vérité : ils n'étaient pas des mâles en quête de virilité ou de simples misogynes. Ils étaient des victimes ! Des célibataires involontaires. Des *incels* ! Ils avaient trouvé chez les célibataires involontaires une idéologie et un message philosophique et politique répondant à tous leurs questionnements.

Ils avaient donc eux aussi gobé la pilule rouge et voyaient désormais le monde tel qu'il était réellement, contrairement à tous les autres mâles en recherche d'identité, perdus dans la matrice.

Devant l'auditoire, Gabriel projetait des diapos montrant un couple dans un lit. L'homme était assis sur le côté, le regard perdu dans le lointain, alors que sa copine s'était roulée dos à lui, tout à l'opposé.

— Il faut toujours lui demander son consentement ! Toujours ! scanda Gabriel de sa voix douce avant de se lancer dans l'explication par le menu d'une série d'astuces pour l'obtenir plus facilement.

Des conneries de ce genre, ils en avaient entendu des milliers de fois dans la bouche de leur coach de drague et ils n'y croyaient pas. S'ils étaient là, c'est parce que Vic avait un pote qui fréquentait l'église à la sortie de laquelle un type avait distribué des tracts pour ce stage autour de la masculinité. Ils s'étaient dit que ça pourrait être marrant d'y aller et qu'ils rencontreraient peut-être d'autres gars prêts à gober la pilule rouge… mais ils s'étaient trompés. Aucun ne paraissait avoir la bonne disposition d'esprit.

Au milieu de cette foule de mâles ultra concentrés – certains prenaient même des notes – se trouvait une jeune femme brune d'à peine vingt ans.

— Qu'est-ce qu'elle fout là, elle ? questionna Mickael en la pointant du doigt.

Vic fronça les sourcils comme s'il la connaissait.

— Elle, c'est la petite sœur de Brad Fit. Elle a dû l'accompagner.

— Brad Fit ? Le coach à la con sur YouTube ?

— Ouais. Paraît qu'il donne une conférence ce soir. Si t'as envie de *Gymmaxxer*, ça peut être cool.

Mickael fixa ses cuisses de lézard avant de répondre.

— Plutôt crever.

— Et puis les photos exposées dans le local d'accueil… les ruines de bâtiments. C'est elle qui les a prises. Paraît qu'elle est Urbex ou un truc du genre.

La foule autour d'eux commença à s'agiter lorsque les diapos défilèrent en une série de mèmes illustrant les propos de Gabriel. L'un d'entre eux montrait le célèbre youtubeur Papacito à côté d'une voiture de course, avec la citation : *Il faut remettre la couille au centre des débats.* L'ambiance se transforma en une sorte d'euphorie virile qui les mit mal à l'aise. C'est pourquoi ils décidèrent d'esquiver la veillée au flambeau – où l'on devait hurler le nom d'un homme important sous les étoiles – pour aller se faire un bon steak au fast-food de la zone industrielle des Salins, située à quelques kilomètres de là.

31

La lumière blafarde des néons inondait la salle principale du fast-food d'un éclat cru. Ils étaient assis à une table collante près d'une grande baie vitrée donnant sur un parking où ils distinguaient les devantures des magasins et leurs enseignes criardes. Vic, affalé sur sa chaise en plastique rouge, sirotait une bière avec un sourire morne tout en déblatérant contre la « bande de nazes » avec laquelle ils venaient de passer trois jours. Il avait un visage carré, taillé comme un roc, avec des traits marqués et une petite barbe irrégulière. La serveuse s'approcha avec leur plateau, des burgers fumants et dégoulinants de fromage, et ils suspendirent immédiatement leur conversation. Elle avait une démarche nonchalante, presque lasse, et portait un uniforme trop grand, retroussé aux manches, révélant des bras fins mais légèrement musclés. Vic lui sourit. Un sourire un peu trop large, un peu trop appuyé. Mais elle ne broncha pas, impassible, comme si elle voyait défiler des types comme lui tous les jours. Elle déposa les plats et retourna sans un mot vers le comptoir. Vic la scruta du regard à mesure qu'elle s'éloignait.

— Tu dirais combien ? lança Vic, un sourire aux lèvres.

— Maximum 6…

— Ou 5. T'as vu les jambes qu'elle a ?

Sur le marché sexuel, la moindre imperfection faisait fondre rapidement la valeur d'une femme.

— Mais on s'en tape de cette Becky. La vraie question, c'est : qu'est-ce que tu fous en ce moment, Micka ?

— Je vois pas de quoi tu parles ?

Vic saisit son verre de soda et tira un bon coup sur la paille avant de reprendre :

— Arrête de te foutre de moi. Je te connais par cœur, mon pote. On est pareils, toi et moi. Deux mecs à petite bite, coincés sur leur canapé à attendre la mort.

— Parle pour toi, répondit-il un peu mal à l'aise.

— Ah ouais ? Tu fais quoi en ce moment à part la branlette ? Tu vas à la salle pour te looker ? Ça ne sert à rien, mon pote. Tu veux ressembler à un Chad ? *Anyway*, c'est dans tes gènes, tu le sais !

Mickael ne dit rien. Il savait à quel point Vic avait raison. Lui aussi avait lu les études, écouté les conférences en podcast et discuté des milliers d'heures avec ses semblables. Il était condamné au célibat, condamné par sa génétique, la société et surtout les femmes.

— Non, sans déconner, tu réponds plus au téléphone, tu te pointes plus sur les forums. L'autre week-end, je suis passé chez toi et y avait personne. T'étais où ?

— J'en sais rien. Sorti faire les courses… ou en balade dans la forêt.

— En balade ? Depuis quand tu sors de chez toi le week-end ? T'es toujours collé à ton PC.

— Ouais, bah, je profitais du beau temps.

Vic lui lança un regard étonné tout en terminant d'engloutir son hamburger.

— Ah ouais… tu me caches *vraiment* un truc, là. Ne me dis pas que t'as une meuf ?!

— Arrête tes conneries…, répondit Mickael en luttant pour masquer son malaise.

— Non, mais… tu déconnes ! T'as une meuf ? Tu l'as choppée où ? Sur Discord ? T'as utilisé les techniques de manipulation mentale de l'autre abruti de philosophe de la drague ? T'as une photo ? J'suis sûr que c'est un thon.

Bien entendu qu'il avait une photo. Il en avait même des centaines. Cette fille le hantait depuis tellement longtemps qu'il connaissait le moindre détail de son visage. La moindre courbe de son corps. Il hésita quelques secondes avant de lui tendre son téléphone portable. La tête de son pote vrilla du rictus de moquerie à l'effarement le plus total.

— Mais putain… mais… c'est une bombe !

Mickael sourit.

— N'exagère pas non plus…

— Tu te fous de moi ? Regarde ses cheveux, son petit nez là… son sourire. J'suis sûr qu'elle a des *boobs* de dingue. Attends, mais elle est au moins à 8 voire 9 ! Comment t'as fait ?

— J'ai rien fait du tout. Je la connais, c'est tout…

— C'est tout ? Mais qu'est-ce qui se passe, Micka ? T'es en train de tomber amoureux d'une Stacy ? Déconne pas, mec… c'est la fin si c'est ça. Tu sais très bien comment ça va se terminer. Tu vas te prendre un râteau, elle va te jeter comme une merde et tu t'en remettras jamais. T'auras plus qu'à te pendre pour atténuer la douleur. On a pas mal de frangins qui l'ont fait. Je t'apprends rien.

— Ouais… C'est pour ça que je ne vais pas faire cette connerie.

Vic hocha la tête pour valider ce retour à la raison.

— Alors quoi ? Elle te prend la tronche ? T'as quand même pas décidé de rendre hommage à saint Elliot ?

Il ne répondit pas. Malgré son envie de lui raconter toute l'histoire, Mickael s'était juré de la garder pour lui. Moins il en disait, mieux ça vaudrait.

— Quoi ? Tu vas la refroidir ? Tu veux devenir un martyr comme lui ?

— Arrête ton délire…

— Saint Mickael ! L'archange des *incels* avec sa petite teub et son gros fusil.

— Tu me saoules, Vic.

La jeune femme se présenta pour récupérer les assiettes et ils ne lui jetèrent pas un regard.

— Dis donc, tu bosses toujours au studio de la Madrague ? demanda Mickael.

— Ouais. En ce moment, ils tournent une grosse série pour la télé française, une quotidienne… *Bleu Méditerranée* ou une connerie du genre. Pourquoi tu me demandes ça ? Tu cherches du taf ?

— Non, mais tu m'avais dit que tu avais accès au dépôt du décorateur. Y a du matos ?

— Carrément. C'est blindé d'accessoires, de meubles, y a même des feuilles décors.

— Tu crois que je pourrais en récupérer ?

— Tu veux dire en les chourant ? Non merci, j'ai pas envie de perdre mon job.

— Non, je les rachète.

— Ça peut se faire, ouais. Y a plein de trucs qu'ils ne réutilisent pas d'un épisode à l'autre. Ça reste au stock. Mais pour quoi faire ?

— Un peu de déco chez moi…

Vic le dévisagea comme s'il n'en croyait pas un mot, mais ne fit pas de commentaire.

— OK, je vais t'organiser ça. Mais à une seule condition…

— Vas-y, je t'écoute.

— C'est quoi son nom à ta meuf ?

Mickael hésita quelques secondes à lui répondre, mais le fait même qu'il puisse penser qu'elle était « sa meuf » le remplissait tellement de joie qu'il ne parvint pas à se retenir.

— Chloé. Elle s'appelle Chloé.

32

Monter tout son fatras jusqu'à l'ancien sanatorium lui avait pris une semaine entière. Et encore, Mickael connaissait la vieille route perdue dans la végétation de la forêt de la Treille et s'était arrangé pour éviter les rondes du garde forestier qui patrouillait parfois dans le coin. Les vestiges de ce centre construit dans les années 1920 pour accueillir les enfants tuberculeux étaient l'endroit idéal pour son projet. Isolé, inconnu des randonneurs, niché au sommet d'un promontoire encadré de montagnes escarpées et surtout notoirement interdites au public en raison de multiples accidents. L'intérieur même des ruines était un labyrinthe instable qu'il fallait bien maîtriser pour réussir à s'y repérer.

Le déménagement des feuilles décors, des matériaux, outils, meubles et autres fournitures à travers les entrailles de la bâtisse occupait ses journées et une partie de ses nuits. Souvent, il dormait sur place, installé sur un matelas dans une des rares salles encore salubres. Il avait longuement exploré les lieux, dessiné des plans et sélectionné toute une série de pièces et de locaux techniques situés dans les soubassements et uniquement accessibles par des trappes dissimulées sous les décombres. Ce labyrinthe sous le labyrinthe était quasi impossible à repérer.

C'est donc là qu'il avait commencé ses travaux, avec l'objectif de construire un appartement confortable en utilisant ses talents de bricoleur et son bagage d'ingénieur. La décoration n'avait pas été la partie la plus compliquée en comparaison de toutes les dérivations, purges et installations qu'il avait dû effectuer pour acheminer l'électricité et l'eau potable dans cet endroit. Heureusement, le vieux monstre de pierre possédait encore quelques beaux restes, dont un réseau de tuyauterie en état de fonctionnement et un puits naturel toujours alimenté. L'achat d'une pompe et d'un petit groupe électrogène avait fait disparaître toutes ses économies, mais s'était révélé primordial dans la concrétisation de son rêve. Six mois après le début du chantier, l'illusion était presque parfaite. Ce bunker au cœur de la montagne commençait à ressembler au foyer chaleureux que le monde lui refusait obstinément.

Il termina ses travaux par la mise en place des caméras et du PC de sécurité, partie la plus technique, mais également la plus facile. Mickael était un spécialiste de la vidéosurveillance, il gagnait sa vie en tant qu'opérateur et passait normalement ses journées devant son écran à vérifier les signaux d'alarme de ses clients. Ses absences répétées lui avaient valu la perte de plusieurs contrats, mais son projet ultime était bien plus important que son compte en banque. Il se jouait quelque chose d'essentiel dans les ruines du sanatorium. Quelque chose qui pourrait changer son existence, celle des autres *incels* et peut-être même le monde.

Il lui arrivait parfois de sortir en pleine nuit et de parcourir la forêt en se laissant porter par le souffle du mistral à travers les branches. Dans ces instants rares de sérénité, le poids de sa condition génétique disparaissait pour lui donner un sentiment de toute-puissance et il rêvait de devenir, lui aussi, un de ces mâles alpha, grand chasseur prélevant dans le troupeau la proie de son choix pour assouvir ses instincts en toute impunité. C'est lors d'une de ces soirées qu'il avait commencé la rédaction du carnet rouge. Ce recueil, prolongation de la pilule que tout être devait absorber pour briser le mur des illusions, serait un outil très utile à son plan. Mickael n'avait jamais été particulièrement doué à l'oral et le carnet lui permettrait de transmettre ses connaissances sans avoir à les expliquer lui-même. S'il associait ce livre à quelques montages vidéo d'images soigneusement choisies, il réussirait sans aucun doute à délivrer le message adéquat et, pourquoi pas, à orchestrer une véritable conversion. C'était ce miracle et rien de moins qu'il visait.

Pendant tout le temps de ses travaux, rien n'avait perturbé ses allées et venues, hormis la présence occasionnelle d'un couple de jeunes qu'il avait surpris à zoner dans les environs. Il avait donc installé plusieurs caméras dans des endroits stratégiques à l'extérieur et dissimulé les entrées du mieux possible. Une fois, le duo s'était faufilé sous les grillages pour grimper jusqu'aux ruines et commencer à explorer. Mickael avait hésité à intervenir en se faisant passer pour un gardien, mais le risque était trop grand et il ne voulait pas qu'ils voient son visage. Ils avaient sorti une petite caméra et pris quelques images des niveaux supérieurs avant de quitter le sanatorium pour ne plus y revenir. Si seulement ils avaient imaginé ce qui se tramait sous leurs pieds. Et puis finalement, après un dernier week-end à vérifier tout le circuit électrique et le réseau vidéo, Mickael avait déclaré le chantier terminé et bu une coupe de champagne tout seul dans les tréfonds de son bunker. Le grand jour approchait et il était prêt à passer à la prochaine étape.

33

Mickael posa le masque sur la table du salon et l'observa avec une pointe d'excitation. Il passa lentement ses doigts sur le silicone froid et lisse, étonné par la précision des traits, la texture des cheveux et la façon dont la lumière jouait sur la peau, offrant un réalisme saisissant. Vic lui avait donné les coordonnées d'un prothésiste de cinéma et il avait terminé de vider son compte épargne pour acquérir ce postiche de l'acteur américain Tom Cruise, créé pour une scène de cascade du film *Top Gun : Maverick*. Après un dernier regard admiratif, Mickael le souleva avec précaution. L'intérieur avait une odeur chimique qui disparut rapidement lorsqu'il l'approcha de son visage. Avec une lenteur presque cérémoniale, il fit glisser le masque sur sa tête. La sensation du silicone se moulant sur ses traits lui parut étrangement confortable, presque agréable. Il prit le temps nécessaire pour le positionner correctement et tira la fausse peau du cou à l'intérieur de sa chemise, comme le lui avait expliqué le vendeur.

Une fois le masque bien ajusté, il se dirigea vers un miroir mural et un frisson d'euphorie parcourut son corps tandis qu'il observait les contours de sa nouvelle identité. L'illusion était parfaite. Il n'était plus ce pauvre Mickael au visage trop long et au front interminable, mais le sex-symbol du tout-Hollywood. Pour la première fois de sa vie, il se trouva vraiment beau, irrésistible même. C'était donc cela d'être un Chad ? L'excitation monta encore à mesure qu'il éprouvait le pouvoir tant convoité d'être une autre personne, quelqu'un d'admiré et de désiré, sans limites. Il tourna la tête de gauche à droite. Bien sûr, il faudrait utiliser la colle spéciale pour fixer sa nouvelle peau de silicone au niveau des yeux et de la bouche, mais le masque capturait déjà les mimiques iconiques de Tom Cruise. Ses sourires, ses fines rides en pattes d'oie, la symétrie incroyable de ses traits.

Mickael avait lu dans un blog scientifique que l'attirance sexuelle était stimulée par la symétrie des visages en fonction d'un axe vertical/horizontal. Il avait donc mesuré la distance entre ses yeux, la longueur de ses lèvres, l'empâtement de son nez, et aucune valeur ne correspondait ! Encore une preuve que sa génétique le trahissait. Avec le masque, tout cela disparaissait. Certes il ne s'agissait pas de son vrai visage, mais c'était celui qu'il aurait dû avoir, celui qu'il montrerait désormais à la future femme de sa vie. Mickael se sentait comme sur un nuage. La joie de cette transformation le rendait presque ivre. « Appelle-moi Tom », murmura-t-il au miroir alors que les lèvres factices se déformaient pour livrer un sourire qui ne lui appartenait pas vraiment.

Maintenant qu'il avait la bonne apparence, il fallait se concentrer sur sa dulcinée. *Chloé, ma Chloé,* il la connaissait depuis combien de temps ? Dix ans ? Quinze ? Ils avaient fréquenté le même collège, puis s'étaient croisés au lycée avant de se retrouver à Aix pour obtenir le même diplôme. Il avait passé pratiquement toute sa vie à ses côtés… enfin, pas réellement : elle prenait la lumière et lui errait dans l'obscurité. À l'époque où il n'avait pas encore avalé la pilule rouge, il avait mis ça sur le compte de sa timidité. Depuis toujours il était amoureux de Chloé, mais il n'avait jamais réussi à le lui dire. Il la voyait, radieuse comme un soleil, naviguant entre les beaux garçons, attirant tous les regards. Comment aurait-il pu avoir une fille pareille ? Il se souvenait parfaitement de la fois où, devenu un jeune homme, il avait osé lui proposer d'aller boire un verre dans le petit café qui jouxtait leur école d'ingénieurs. Elle l'avait observé avec ses grands yeux azur pour finalement accepter sans aucune hésitation. Encore aujourd'hui, et malgré tout ce qui s'était passé depuis, Mickael pouvait ressentir le délice et l'excitation de cet instant. Ils avaient siroté un soda en terrasse et évoqué leurs projets d'adultes. Ils avaient même rigolé ensemble. Au bout d'une heure, elle était partie en lui disant : « C'était sympa », avant de grimper sur son scooter en faisant virevolter sa petite robe jaune. C'était la dernière fois qu'il lui avait parlé.

Comment aurait-il pu en être autrement ? Avec le recul, il avait fini par comprendre qu'elle avait eu pitié de lui. Ce bref moment de bonheur s'était transformé en un douloureux souvenir, celui de son échec. Malgré son physique chétif et ses traits disgracieux, il avait toujours imaginé que son intelligence et sa sensibilité pouvaient peser dans la balance. Il s'était trompé. Ce qui s'était réellement passé pendant ce soda partagé sous les oliviers, c'est qu'elle l'avait trouvé ennuyeux. Pire, elle lui avait accordé cet instant de joie uniquement pour l'humilier un peu plus. L'amour qu'il lui portait s'était peu à peu transformé en une haine sourde, d'autant plus puissante qu'il n'avait pu l'exprimer. Il continua d'observer Chloé de loin à travers les réseaux sociaux. Son premier travail dans une grande société, sa start-up à la réussite fulgurante, puis son mariage. Tout cela nourrissait le brasier de son ressentiment.

Et puis il y avait eu la révélation *incel* et il avait compris. Ils n'auraient jamais pu être ensemble tous les deux, ils appartenaient à deux mondes génétiques conçus pour ne pas se rencontrer. D'un côté, il y avait l'être défectueux et bancal aux poignets trop fins, au front trop haut, aux cheveux trop dégarnis, et de l'autre, la perfection d'un corps et d'un esprit au sommet de l'évolution humaine cherchant à s'accoupler avec ses semblables. Il l'avait détestée encore plus pour ce fossé qu'elle creusait entre eux sans même le savoir. Et puis *le plan* s'était formé dans sa tête. Une idée tellement incroyable qu'aucun de ses frères *incels* n'y avait pensé. Eux se gargarisaient de vengeances sanglantes envers la réalité. Ils haïssaient les femmes, les dénigraient, les harcelaient, les violentaient et parfois même les massacraient, mais ils n'avaient jamais imaginé pouvoir changer les choses. Mickael voyait plus loin, plus fort. Si *le plan* fonctionnait comme prévu, il parviendrait peut-être à modifier la trame de la matrice. Tous ses efforts se concentraient dans ce but ultime et, malgré la peur d'être à nouveau rejeté, il était prêt à tous les sacrifices. Il allait prouver par l'exemple qu'un être inférieur pouvait vivre une véritable histoire d'amour avec une femme comme Chloé. Une histoire comme on les voyait au cinéma. Passion, foyer, famille… et tout cela serait filmé pour être diffusé au plus grand nombre et permettre à tous ses frères de suivre sa voie. Non, il ne serait pas saint Mickael, mais Dieu le Père en personne. Il était à quelques pas de réaliser l'impossible. Tout ce qu'il lui restait à faire, c'était sauter dans le vide.

34

Il se posta à une table contre la baie vitrée et commanda une bière blonde. Depuis cet emplacement, il pouvait observer la façade de la banque de l'autre côté du parking. La nervosité lui tordit l'estomac et il vérifia l'heure sur son téléphone. Depuis combien de temps était-elle entrée dans ce bâtiment ? Une heure, deux heures ? Chaque minute lui paraissait une éternité.

Le soleil passa lentement derrière les montagnes et les ombres commencèrent à s'étirer. Ça n'était pas une mauvaise chose, vu ce qu'il s'apprêtait à faire. Mickael s'était installé de sorte qu'on ne puisse pas facilement l'apercevoir de l'extérieur. De temps à autre, il scrutait les visages autour de lui, craignant d'être reconnu ou pire encore, que quelqu'un devine ses intentions. Cette zone commerciale ne se situait pas à côté de chez lui, mais le risque était bien réel. À l'opposé, des clients entraient et sortaient de la banque à rythme régulier, mais toujours pas de Chloé.

Il jeta un œil à la voiture de la jeune femme, c'est là que tout allait se jouer. Son plan nécessitait une précision et un timing parfaits. En serait-il capable ? Il essuya discrètement la sueur qui perlait sur son front et avala une gorgée de bière en repassant chaque détail dans sa tête. Ses doigts glissèrent dans la poche où il avait placé la seringue. Le mélange d'anesthésiant et de GHB devrait faire effet instantanément d'après le tuto en ligne qu'il avait suivi. Encore fallait-il l'injecter au bon endroit. C'est cette phase des opérations qui l'inquiétait le plus. Que se passerait-il si l'aiguille cassait en pleine action ? Il serait obligé de s'enfuir et tous ses rêves s'envoleraient. Il chassa cette idée de sa tête, avala la fin de sa pinte puis jeta un énième regard sur sa montre en étouffant un long soupir.

Soudain, la porte de la banque s'ouvrit et Chloé apparut, marchant d'un pas assuré. Il se redressa d'un coup en enfonçant sa casquette jusqu'aux sourcils. Il concentra toute sa vigilance sur la silhouette de la jeune femme. Elle était enfin là, le compte à rebours était lancé. Mickael déposa un billet froissé sur sa table sans attendre la monnaie et quitta le café aussi discrètement que possible. Il croisa deux employés, cigarette à la bouche, qui ne lui prêtèrent aucune attention. À mi-distance de sa cible, il enfila une paire de gants et récupéra la cagoule qu'il avait roulée au fond de sa poche. Il traversa le parking rapidement, mais sans hâte, les yeux rivés sur Chloé qui se dirigeait vers sa voiture d'un pas énergique. À quelques mètres d'elle, il ralentit, prenant soin de se dissimuler derrière une camionnette. Le moment était presque venu et il sentit son estomac se contracter. Il retira sa casquette, ajusta le tissu de sa cagoule et serra la seringue entre ses mains. Il devait agir vite, avec précision, avant que quelqu'un ne le remarque.

Chloé s'assit au volant et mit le contact. Le moteur émit un léger grondement qu'il utilisa pour couvrir ses derniers pas sur l'asphalte. D'un geste rapide et déterminé, il glissa son bras dans l'habitacle au moment où elle s'apprêtait à fermer la porte. Chloé sursauta, ses yeux s'agrandissant de terreur lorsqu'elle le vit. Il ne lui laissa pas le temps de réagir et engouffra tout le poids de son corps à l'intérieur, la forçant à se plier sur le côté. Avec une de ses mains, il lui plaqua le visage contre le dossier du siège passager ; de l'autre, il brandit la seringue et la dirigea vers son cou. Elle se débattit avec une force qu'il n'avait pas anticipée et réussit à tourner la tête pour croiser son regard. La confusion et la peur se lisaient dans ses yeux. Mickael la piqua immédiatement sur le côté, à l'emplacement théorique d'une veine jugulaire. Elle ouvrit la bouche pour hurler, mais la drogue l'en empêcha et sa voix se brisa en un faible gémissement. Mickael la maîtrisa de son mieux, se débarrassant de la seringue pour utiliser ses deux mains. Au bout d'à peine une minute, ses yeux devinrent vitreux et elle se détendit jusqu'à s'immobiliser complètement.

Une fois certain qu'elle avait perdu connaissance, Mickael agit rapidement et poussa le corps inerte de Chloé sur le siège passager avec une efficacité brutale avant de s'installer derrière le volant. Refermant la portière avec soin, il jeta un regard furtif à travers le pare-brise pour s'assurer que personne ne l'avait remarqué. Il enleva alors sa cagoule et fit basculer la jeune femme de manière qu'on la pense endormie. Puis il enclencha la première et sortit du parking pour se fondre dans le flux des autres véhicules.

Il l'avait fait ! Cette épreuve qu'il redoutait depuis le début était une réussite totale ! Au feu rouge, il observa Chloé dont la poitrine se soulevait lentement au fil de ses respirations. Non, il n'hallucinait pas. Elle était bien là, à côté de lui, docile, comme il en avait toujours rêvé. Le soleil termina de disparaître derrière les montagnes et la pénombre enveloppa la route. Mickael conduisit en silence à travers la campagne et les lumières de la ville furent bientôt remplacées par la lueur morne de la lune. Il bifurqua sur un chemin de terre pour s'enfoncer dans la forêt. Les phares éclairaient les branches basses qui griffaient la carrosserie. Dans quelques kilomètres, il rejoindrait l'emplacement où il avait caché son 4 × 4 et installerait Chloé à l'intérieur avant de se débarrasser de son véhicule. Ensuite, il prendrait la piste secrète qui menait au sanatorium et débuterait sa nouvelle vie.

La voiture roula sur une ornière, qui fit tressaillir le châssis, et le corps de Chloé glissa sur le côté si bien que sa tête reposa sur l'épaule de Mickael. Il sentit une chaleur soudaine l'envahir en voyant le visage de cette femme paisiblement endormie contre lui. Et il se dit que ce devait être ça, le grand amour.

35

Il marchait de long en large à travers les ruines, frappant parfois dans un débris quelconque pour l'envoyer valdinguer et purger un peu de sa colère. L'arrière de son crâne le faisait terriblement souffrir à l'endroit où sa tête avait heurté la table basse. Elle avait failli le tuer ! Et tout ça pourquoi ? Parce qu'elle n'acceptait pas de voir la réalité en face !

Mickael se rappelait ce documentaire qu'il avait regardé sur l'élevage intensif de bovins aux États-Unis. Un groupe de militants écologistes menait une opération clandestine pour les libérer, mais une fois les clôtures écartées, toutes les vaches étaient restées immobiles, incapables de s'enfuir ni même de bouger pour retrouver leur liberté. Chloé était comme ces animaux. Engoncée dans ses principes et son conditionnement. Elle ne voyait en lui qu'un fou dangereux, elle ne lui reconnaissait aucune qualité malgré tout le mal qu'il se donnait pour lui ouvrir les yeux.

Pourtant ça avait plutôt bien commencé. Après son installation dans le bunker, elle s'était rapidement acclimatée. Il l'observait nuit et jour depuis les caméras dissimulées dans les faux plafonds. Il montait même chaque instant de sa captivité sous forme d'épisodes de cinquante-deux minutes, comme une série télévisée. Pour l'instant, il n'avait rien diffusé sur les réseaux *incels*, mais bientôt ces moments de vie deviendraient un exemple et montreraient la voie à des milliers d'hommes malheureux. Mais elle ne comprenait rien à rien ! Tout ce qu'elle désirait, c'était s'échapper. Encore heureux qu'il ait fait l'acquisition de ce Taser. Sans lui, elle aurait peut-être réussi à filer, et avec elle tout espoir de changer le monde. Mais Mickael avait calmé ses ardeurs et elle réfléchissait désormais à ses actes dans la salle obscure.

Cet endroit, Mickael l'avait conçu en s'inspirant des quartiers disciplinaires des *Stalags* allemands dans lesquels des milliers de prisonniers avaient transité pendant la Seconde Guerre mondiale. Une pièce sans lumière, humide et passablement infestée de vermine. Il y avait juste ajouté quelques caméras thermiques et des micros pour la surveiller et éventuellement lui parler. Une journée entière qu'elle croupissait là sans aucune réaction. Il avait hésité à aller vérifier son état de santé – le Taser pouvait parfois provoquer des arrêts cardiaques, mais il s'était ravisé en jugeant qu'il s'agirait là d'une preuve évidente de faiblesse. Il fallait absolument qu'elle le respecte. C'était la base de l'éducation. Il n'y avait pas besoin d'avoir d'enfants pour le savoir. Chloé était comme une adolescente rebelle. Elle cherchait le cadre. Eh bien, avec lui, elle l'avait trouvé !

Cette idée le fit sourire et calma un peu sa rage. Ses pas l'avaient amené jusqu'à l'extérieur des ruines. Le grand corps décharné du sanatorium se découpait sur un ciel étoilé, un ciel d'été. Le mistral s'engouffrait par les fenêtres sans vitres, sifflant à travers les corridors vides une étrange et lugubre symphonie. Au loin, les lumières d'un village scintillaient comme un îlot perdu dans l'obscurité de la forêt. Son téléphone portable vibra, l'alertant qu'une caméra venait de s'activer. Il avait mis en place un réseau Wi-Fi à ondes courtes pour gérer toute son installation et développé une application lui permettant de tout contrôler à distance. En deux clics, il afficha le cadre noir d'un écran dans le coin duquel une petite diode rouge clignotait. La chambre obscure... Chloé s'était sans doute réveillée. Il hâta le pas pour traverser le labyrinthe masquant l'entrée de son repaire.

Juste en dessous de la trappe du bassin se trouvait un dédale de pièces dans lequel il avait installé son Q.G. de sécurité. Trois moniteurs incurvés diffusaient en continu le retour vidéo des vingt-sept caméras du bunker. Toutes les données étaient enregistrées vingt-quatre heures sur vingt-quatre et copiées automatiquement sur un disque dur dont il vidait le contenu une fois par jour pour le transférer sur le serveur de sa maison. Il pianota sur le clavier afin de déverrouiller le système et afficha la caméra 8. Chloé s'était levée. Les chaînes qu'il lui avait accrochées aux poignets pendaient le long de son corps, grinçant avec un écho désagréable. Elle se tenait face à l'objectif, le regard fixe. Ses lèvres bougeaient, mais le micro avait du mal à restituer ses paroles – sans doute à cause de l'humidité de cet endroit insalubre. Mickael régla la sensibilité des capteurs et commença à pousser les curseurs de son égaliseur.

— Je vous en supplie..., murmurait-elle, la voix brisée. Je ferai tout ce que vous voulez, mais laissez-moi sortir d'ici...

Des larmes coulaient sur ses joues, se mêlant à la boue qui recouvrait le sol de ce cachot. Après un râle de désespoir supplémentaire, elle s'effondra comme une poupée de chiffon. Mickael fixa l'écran avec un sourire de satisfaction. Une chaleur monta en lui, une excitation presque sexuelle à la vue de sa détresse. Il avait finalement réussi à la dompter. Elle était à lui, enfin. Le pouvoir qu'il exerçait sur elle, la façon dont il avait brisé sa volonté le comblaient d'une joie profonde et malsaine. Chaque larme, chaque gémissement nourrissait son ego. Il prit quelques minutes pour jouir de l'instant et appuya sur la touche T du clavier, enclenchant le retour audio.

— C'est bien, Chloé. Tu es une bonne fille. Je vais t'ouvrir la porte.

36

Mickael se tenait devant le miroir, observant son reflet avec fascination. La lumière crue des néons accentuait la brillance du tissu de ce smoking que le loueur lui assurait être une réplique des *tuxedos* portés lors de la cérémonie des Oscars à Los Angeles. Le costume, d'un noir charbon, aurait été parfait s'il n'avait pas été un peu trop petit. Ses mouvements étaient légèrement entravés, mais il ne pouvait s'empêcher d'admirer l'effet global. Il s'imagina avec le masque de Tom Cruise, en route pour une soirée mondaine. Il tourna sur lui-même, appréciant la façon dont le tissu moulait son torse et lui donnait une silhouette imposante, taillée en V, exactement comme un Chad. Il passa ses mains sur sa chemise, lissant les plis, ajustant la cravate noire.

— Alors ? Il vous plaît ?

— Oui, il est parfait. Peut-être un petit peu juste…

— Vous nageriez dans le modèle au-dessus, et ce genre de costume est fait pour être porté près du corps. En tout cas, moi, je trouve qu'il vous va bien.

Mickael sourit. Il savait que cette tenue jouerait un rôle crucial. Il devait être impeccable pour cet événement. Son premier dîner « en amoureux ».

— Après, si vous me laissez quelques jours, je peux essayer de l'ajuster.

— Non, c'est bon, je le prends, répondit Mickael avec assurance.

Il ne pouvait pas se permettre de perdre plus de temps. Le vendeur acquiesça et rejoignit la caisse pour finaliser la transaction pendant que Mickael se déshabillait. Quelques minutes plus tard, ce dernier sortit du magasin avec une housse noire de protection sous le bras et se dirigea vers sa voiture. Alors qu'il traversait la rue, un panneau publicitaire attira son attention. En face de la maison de la presse, l'affiche reprenait les gros titres du quotidien local, parmi lesquels : *Disparition inquiétante d'une jeune entrepreneuse.* Une photo de Chloé souriante accompagnait l'article. Son cœur fit un bond et il s'arrêta net, les yeux fixés sur le visage de sa bien-aimée. Il sentit une vague d'angoisse mêlée à une pointe de satisfaction l'envahir.

Il se doutait bien que l'absence de Chloé serait remarquée par ses proches, à commencer par cet imbécile de Julien. Mais il ne pensait pas qu'elle ferait la une des journaux aussi rapidement. Il bifurqua vers la maison de la presse, essayant de garder une apparence calme malgré son agitation intérieure. Il poussa la porte et s'approcha du présentoir où se trouvaient quelques exemplaires. L'article était en première page. Mickael paya en évitant de croiser le regard du buraliste, puis alla s'asseoir sur un banc à proximité. Il déplia le journal pour lire son contenu en détail.

> *Chloé Dupigny, fondatrice de la start-up AquaPure, a disparu subitement il y a maintenant une semaine. Elle aurait été vue pour la dernière fois quittant la*

zone commerciale du Lavandou au volant de son véhicule et accompagnée par un homme. La police a lancé un avis de recherche pour disparition inquiétante et une enquête est en cours. Toute information pouvant aider à la retrouver est la bienvenue.

Accompagnée par un homme ! Cela signifiait que malgré toutes ses précautions, quelqu'un avait dû l'apercevoir sur le parking. L'article ne donnait pas beaucoup de détails, mais il était tout à fait envisageable que les flics en possèdent, peut-être même qu'ils avaient déjà son signalement.

Mickael se ressaisit rapidement. Non, tout était sous contrôle, il avait tout prévu. La police ne savait rien sur son identité, sinon ils seraient venus chez lui. C'était tout l'avantage d'être un *normie* : apparence moyenne, visage sans intérêt, portrait-robot d'un anonyme parmi d'autres, intraçable. Mickael se leva, rangea le journal sous son bras et reprit tranquillement sa marche vers sa voiture. Il fallait qu'il se concentre sur la soirée qui l'attendait. Son premier dîner avec Chloé, son premier véritable rendez-vous amoureux. Il visualisa chaque détail. Le poulet basquaise dont il lui avait donné la recette, la table soigneusement dressée pour son arrivée dans le bunker, la petite robe noire bien sexy. Il voulait que tout soit parfait. Que cette soirée soit inoubliable comme une promesse de bonheur. Le début de leur nouvelle vie ensemble. Bien entendu, elle aurait sans doute des hésitations, peut-être même des questions sur cet avenir qu'il lui destinait, mais il savait qu'il trouverait les mots pour la rassurer. Il serra les poings sur le volant, ressentant une bouffée de satisfaction en l'imaginant face à lui. Docile et tendre.

De retour dans sa maison, il prit une douche, se parfuma et prépara son sac pour passer la nuit au sanatorium. Le costume, la chemise, les chaussures et le masque, tout était prêt mis à part un détail. Il se rendit dans la salle de bains et sortit d'un tiroir une boîte de préservatifs toute neuve qu'il embarqua avec lui. Après tout, une soirée entre amoureux finissait souvent à l'horizontale, non ? Cette idée l'excitait autant qu'elle lui faisait peur. Depuis combien de temps n'avait-il pas eu de relations sexuelles ? Enfin, sans compter les passes qu'il s'accordait parfois avec les filles qui traînaient sur le port. Il sentit comme un vertige l'envahir à l'idée de faire l'amour avec une femme qui l'aimerait pour ce qu'il était. Une femme amoureuse, comme Chloé. Amoureuse de lui.

37

La peau de ses phalanges se détachait à mesure qu'il cognait contre le mur en béton. S'il continuait à ce rythme, il risquait de se briser les poings. Mais la frustration et la rage devaient sortir d'une manière ou d'une autre. Mickael suait à grosses gouttes, le tissu de sa chemise lui collait au corps et son costume s'était déchiré au niveau du dos. « T'es qu'une petite merde ! », se lança-t-il à lui-même en frappant de toutes ses forces. La douleur fut si intense qu'elle remonta le long de son bras jusqu'à sa poitrine. Il se laissa tomber sur le sol et se roula dans les gravats en hurlant.

Comment avait-il pu défaillir à un moment pareil ?! Elle était là, dans le lit, offerte à son désir. Il avait même senti une sorte d'électricité entre eux, comme dans les films. Mais son corps l'avait planté à l'instant fatidique. « Même pas foutu de bander, connard ! » Il se rappela les vaches immobiles alors que la porte de l'enclos était ouverte. Lui aussi faisait partie d'un troupeau : celui des ratés programmés pour ne pas se reproduire avec une jolie fille. C'était son ADN qui le trahissait. C'était contre lui qu'il se battait. Il saisit une poignée de terre et l'envoya au loin, emplissant l'air des ruines d'un nuage noir. Oui, son corps était conditionné au célibat et son avenir se résumait à se laisser pourrir sur son canapé. Au mieux, il deviendrait un *Chadlite*, un sous-Chad perdu dans l'illusion d'un pouvoir qu'il ne possédait pas réellement.

Il poussa un râle de désespoir avant que son esprit ne forme une nouvelle image mentale : Chloé se trouvait sur le côté du lit, le visage à l'opposé du sien, et elle souriait. Pas un sourire affectueux ou compréhensif, non, un sourire moqueur. Pire, un sourire victorieux. Elle savait le fossé génétique qui se dressait entre eux. Elle le savait et elle s'en délectait secrètement. Depuis le début, elle le laissait s'enfoncer dans ses illusions en faisant semblant de participer à son grand projet, mais en réalité, elle avait déjà anticipé son échec. Et ça la faisait rire.

La colère se transforma en haine et il superposa au visage de Chloé celui des jeunes femmes abattues par Elliot Rodger lors du saint massacre qu'il avait réalisé en Californie. Si elle continuait de se rebeller et se foutre de lui, il faudrait bien qu'il trouve une solution. Sa première idée était de démontrer par l'expérience que sa prédétermination pouvait être rompue, mais si c'était faux ? S'il se trompait ? Si toute cette expérience n'était qu'un misérable gâchis de temps et d'argent ? Alors il faudrait qu'il fasse un exemple inspirant pour ses congénères et qu'il devienne un martyr, lui aussi.

Mickael se redressa et entama le chemin pour quitter les ruines du sanatorium. Durant tout le trajet, il ne desserra ni les mâchoires ni les poings. Après avoir dévalé la pente, il passa le grillage afin de rejoindre la piste où il avait garé son 4 × 4. Le mistral soufflait dans les arbres et lui fouettait le visage. Un vent de la terre, sec et froid comme la gifle que venait de prendre son ego. Il conduisit phares éteints pour ne pas se faire repérer par le garde forestier, ne les rallumant qu'à l'embranchement de la nationale. Arrivé chez lui, dans le silence et l'obscurité la plus totale, il se laissa tomber sur le canapé. Ses mains étaient douloureuses, mais il n'avait pas la force de s'en occuper. Il fallait qu'il trouve une solution, un nouveau projet qui le motive à aller de l'avant.

Son écran d'ordinateur s'alluma un instant. Vic venait de lui envoyer un e-mail. Son camarade s'inquiétait de ses absences et devait l'imaginer pendu à une poutre de sa maison. Et s'il arrêtait tout ? S'il oubliait ses espoirs de changer le monde pour simplement l'abandonner ? Il avait bien une vieille corde quelque part dans son garage et il lui suffirait de faire un nœud de marin, de la passer autour de son cou et de se laisser mourir. C'était peut-être ça, la solution à tous ses problèmes. Et l'autre pourrirait seule dans son bunker. Il lui avait fourni des réserves pour une semaine, peut-être deux si elle se rationnait suffisamment. Difficile d'imaginer que la police mette si peu de temps à la retrouver.

Les phares d'une voiture se glissèrent entre les stores, éclairant la pièce. En face de lui, Mickael aperçut une pile de magazines sur la table basse. Sur l'un d'entre eux, une publicité d'eau minérale montrait un bébé nageant dans une piscine. Il fixa longuement l'image alors qu'une idée commençait à se former dans son cortex. Oui, c'était ça la solution. Il fallait qu'il accélère son plan. Tant pis pour les étapes transitoires, la conquête amoureuse, le romantisme, les fioritures. Tant pis pour le feuilleton idyllique qu'il avait décomposé en dix épisodes de cinquante-deux minutes. Il passait directement au climax, cet instant où tout change pour prendre une direction inattendue. La fin de saison avec un *cliffhanger* de dingue !

Mickael se redressa d'un coup, traversa son salon et rejoignit le bureau où trônait le moniteur de son PC. Dans tous les magazines féminins qu'il avait parcourus, ce fatras de propagande destinée aux Becky du monde entier, il y avait une constante. Lorsqu'une femme tenait un bébé dans les bras, elle souriait. Toujours. Et puis il se rappela le discours de l'animateur de son stage masculiniste : « Élever l'enfant apaise la femme, c'est pour cela que la nature lui a fourni la possibilité d'en créer. » Comment n'avait-il pas pensé à ça tout de suite ? Ça crevait pourtant les yeux. Ce que Chloé désirait le plus au monde, c'était bien évidemment tenir contre elle un petit chérubin tout chaud. C'est ça qu'il fallait lui donner. Et vite !

Mickael sentit l'excitation monter à tel point qu'il était obligé de réprimer ses glapissements de joie. Il termina de pianoter sur son clavier et étudia la longue liste de tests que le site de vente en ligne lui proposait. D'abord, il devait faire part à Chloé de ce nouveau projet ; ensuite, il se reposerait un peu pour prendre des forces et en avant ! À la prochaine soirée, il la prendrait sur le lit et lui offrirait non seulement une nuit de sexe débridé, mais également la preuve la plus intime de son amour : son ADN. Là, il y avait une chance que la malédiction *incel* disparaisse pour donner naissance à un être hybride, un être libre. Ce serait le plus incroyable rebondissement de sa saga. Une aventure qui dépassait tout ce qu'il avait envisagé. Il commanda plusieurs boîtes ainsi qu'une tablette de Viagra – au cas où –, puis se dirigea vers le frigo pour prendre une bière. Et alors qu'il fêtait sa paternité à venir, un chien se mit à aboyer dans la nuit.

38

— Tout être humain a besoin de continuité, tu ne crois pas ? demanda-t-il en dévorant son assiette de poulet.

Il avait réfléchi à cette réplique toute la nuit et avait conclu que c'était finalement la meilleure manière de lui résumer son projet.

— Votre continuité..., répondit-elle avec une froideur insondable dans le regard.

— Non, la nôtre, Chloé. J'ai déjà pensé à tout. Il y a une pièce derrière la porte du couloir. Je vais la transformer en chambre d'enfant et nous allons pouvoir accueillir le bonheur ici, dans notre foyer.

— Ce bonheur dont vous parlez, ce n'est pas la vie que je veux.

À partir de là, quelque chose s'était cassé en lui. Elle ne se rendait pas compte d'à quel point son espoir était fragile. Quelques jours plus tôt, il songeait à la laisser mourir dans son trou avant de se raviser pour lui offrir le plus beau des projets. Et sans aucune forme de dialogue ou de réflexion, elle lui refusait tout avenir. Qui était-elle pour jouer avec ses sentiments de cette manière ?

La colère monta d'un cran. Il n'avait plus aucun goût pour ce pitoyable dîner qu'elle lui avait préparé. Un plat sans âme, comme elle. À ce stade, il comprit l'ampleur de sa naïveté. Non seulement elle dénigrait l'intégralité des enseignements philosophiques qu'il considérait comme « la base » d'une relation saine, mais en plus elle traînait le nom de saint Elliot dans la boue. Non pas qu'il l'eût imaginée heureuse de gober la pilule rouge pour entrer dans son monde, mais il attendait au moins un peu de compassion de sa part.

— Ne parle pas de saint Elliot de cette manière ! C'est un martyr pour notre cause ! dit-il, incapable de contenir ses mots plus longtemps.

— Votre cause ? Parce que vous êtes nombreux à croire à ce délire ?

— Nous sommes légion, Chloé, et notre colère gronde. Ce qui se passe ici, c'est une flamme qui va déclencher un brasier. Un avertissement pour tous les mâles dominants et les femmes comme toi. Vous ne pourrez plus nous ignorer et faire de nous des sous-hommes.

— Vous êtes malade. Vous avez besoin de soins psychiatriques…

La folie… Elle ne savait pas combien ces mots avaient une signification particulière pour lui. Lorsqu'il avait une vingtaine d'années, sa petite copine historique, une dinde prénommée Mathilde et à peine classée 4 sur le marché sexuel, lui avait dit « d'aller se faire soigner ». Il lui avait retourné une bonne trempe et l'avait étranglée lentement, jusqu'à ce qu'elle perde connaissance, avant de quitter son appartement en la laissant inerte sur le plancher. Il se souvenait de ce sentiment étrange quand ses yeux globuleux avaient commencé à s'éteindre. C'était sa première grosse érection depuis l'adolescence.

Mathilde n'était pas morte ce jour-là et il ne l'avait plus jamais revue, mais les flics avaient débarqué quelques heures plus tard pour le mettre en garde à vue. Heureusement, il faisait suffisamment peur à cette petite conne pour qu'elle ne porte pas plainte et il s'en était tiré avec une main courante et une ordonnance d'éloignement. Cet événement l'avait forcé à changer de région mais lui avait laissé un goût de toute-puissance. Il était temps que Chloé en prenne conscience.

— Je pense que le dîner est terminé. Que dirais-tu d'aller dans la chambre pour réaliser notre projet ? Cette fois, je me sens en pleine forme.

— Vous allez faire quoi ? Me violer pour réaliser votre rêve ?

— Si tu m'y forces, oui. Mais tu peux aussi prendre du plaisir.

Il pouvait lire la peur sur son visage et il en tira un sentiment de jubilation intense. Elle n'avait d'autre choix que de se soumettre à son désir. Dès qu'il serait dans la chambre, il la forcerait à se déshabiller ou il lui arracherait sa robe, et ensuite… Une violente douleur dans l'avant-bras stoppa net le flot de ses pensées. Chloé tenait un objet qui avait soudainement apparu entre ses mains. Un chandelier. Mickael ne put s'empêcher de hurler alors que le Taser tombait au sol. Il se pencha pour le rattraper, mais ressentit un nouveau choc terrible derrière son crâne. Puis plus rien. Il était dans le noir. Quelque chose pulsait dans sa tête, comme une cacophonie lointaine de sons étouffés. Il parvenait encore à réfléchir, mais ses pensées étaient brouillées, confuses. Ses muscles refusaient de lui obéir et le goût métallique du sang lui envahit la bouche.

C'était ça, la fin de l'histoire ? Le climax qu'il avait tant attendu ? Il sentit des mains palper son corps, fouiller dans ses poches sans qu'il puisse réagir. Il se concentra alors sur sa respiration et perçut le flot de son sang battre dans ses tempes. Petit à petit, l'obscurité se dissipa. Des pas précipités, des cliquetis métalliques... Il tenta de bouger et réussit à retourner sa carcasse sur le dos. Des faisceaux lumineux commencèrent à éclairer les contours de la pièce. Le lino, la chaise qu'il avait renversée, le chandelier abandonné à côté de lui.

Chloé n'était plus dans la cuisine, elle devait essayer de s'échapper par la trappe qu'il avait – heureusement – refermée de l'intérieur. Un grognement guttural monta de sa gorge, un son primal de colère et de détermination. Ses muscles protestèrent, mais il parvint à se redresser. La pièce tangua autour de lui et il vacilla, posant une main sur la table pour ne pas perdre l'équilibre. Le couloir se trouvait à quelques mètres seulement. En le rejoignant, il aperçut Chloé en haut de l'escalier métallique, luttant avec le cadenas. Un éclair de rage traversa son corps. *« Girls, I will destroy you ! »* C'étaient les mots de son messie, l'incantation exacte qu'il avait prononcée sur sa vidéo avant d'entamer son saint carnage : « Les filles, je vais vous détruire. »

Il accéléra le pas, serrant les poings pour ignorer la douleur. À l'instant où le cadenas céda, il tendit le bras et attrapa la jeune femme par la jambe. Elle poussa un cri de stupeur, mais il ne lui laissa pas le temps de réaliser et tira violemment. Le fracas de sa chute résonna dans tout le bunker, suivi par les souffles rauques de leurs respirations. Mickael se pencha au-dessus d'elle, les yeux brillants de colère et de triomphe. Ses prières avaient été entendues. Il fouilla dans une poche et en sortit le spray lacrymogène qu'il gardait toujours sur lui.

— Tu pensais vraiment pouvoir m'échapper ?

Chloé rampait sur le sol, mais il ne lui laissa aucune chance. Il lui saisit la tête par les cheveux, la força à lui montrer son visage et vida d'un seul coup toute la bonbonne, libérant le mélange de poivre et de moutarde dans ses yeux. Elle hurla et se recroquevilla sur elle-même, alors il s'accroupit sur elle, pesant de tout son poids pour l'immobiliser. Le corps de la jeune femme tremblait sous l'effet des toxines, elle était à moitié consciente et Mickael la regarda un moment avant de poser ses mains sur son cou.

« Girls, I will destroy you ! » C'était l'enseignement suprême que tout *incel* partageait. Même si Mickael voulait changer le monde avec son expérience, même s'il y avait cette génétique qui les séparait, au bout du compte, tout cela se nourrissait d'un feu unique, le brasier du mépris que leur manifestaient les femmes. Il fallait les détruire par tous les moyens. Et si les rabaisser, les harceler, les battre et les soumettre ne suffisait pas, seule la mort pouvait assouvir cette pulsion. Elliot l'avait bien compris, des milliers d'hommes le pensaient et l'appliquaient tous les jours, et alors que ses mains se resserraient sur la gorge de Chloé, Mickael lui-même ressentait toute l'importance de ce massacre programmé. Dans quelques secondes, elle cesserait de respirer et l'angoisse intolérable d'être un petit garçon perdu dans un monde trop complexe pour lui disparaîtrait avec elle. Chloé devait mourir pour qu'il puisse vivre. Elle et toutes les autres.

Cela faisait déjà quelques secondes qu'elle avait perdu connaissance lorsqu'il arrêta de lui écraser la trachée.

Non, il ne pouvait pas terminer son show de cette manière. Pas après tout le chemin parcouru. Il se pencha pour poser son oreille contre sa poitrine et finit par retirer son masque pour mieux entendre. Le cœur battait, mais très faiblement. Il recula pour la laisser respirer. Elle ne mourrait pas aujourd'hui. Pas encore.

39

La colère avait mis plusieurs jours à redescendre, pendant lesquels il avait laissé Chloé croupir dans la salle obscure. Pas d'eau, pas de nourriture et la compagnie des rats, cela l'aiderait certainement à réfléchir à ses actes. Pendant ce laps de temps, Mickael n'était pas retourné au sanatorium et passait ses journées à parcourir les sites d'actualités pour prendre des nouvelles de l'enquête. Quelques articles mentionnaient la disparition de Chloé, répétant les faits sans apporter la moindre information complémentaire. Un seul d'entre eux citait « l'homme à la casquette » que des témoins affirmaient avoir vu rôder sur le parking, mais il n'y avait ni description, ni portrait-robot. Une vidéo en *replay* d'un journal télévisé montrait Julien, les yeux larmoyants, lançant une déclaration d'amour à sa femme en suppliant ses ravisseurs de la relâcher. Pathétique. Ce connard de Julien, il le haïssait plus que tous les Chad réunis.

Au troisième jour, Chloé avait réussi à arracher ses chaînes et fait tout un ramdam pour qu'il la laisse sortir. Il fallait quand même reconnaître que cette fille était étonnante. Malgré la douleur, la fatigue et la faim, elle trouvait encore la force de se rebeller. Elle appartenait clairement à la catégorie des chieuses. Mickael se rappelait les cours de séduction d'un youtubeur à propos de ce type de nanas. Il affirmait que les « frictions » étaient inévitables et qu'elles aimaient ça. Dans le cas de Chloé, on pouvait dire qu'il lui en avait donné pour son argent ! Après tout, les couples n'étaient pas forcés de se construire sur des bases apaisées. Il existait des gens qui se chamaillaient toute la journée et ça ne les empêchait pas de vivre heureux.

Il avait donc fait preuve de mansuétude en lui pardonnant cette seconde tentative d'évasion et lui avait ouvert la porte de son cachot. Elle se reposait depuis et, d'après les retours caméra, elle passait son temps à dormir, négligeant de se nourrir, de faire sa toilette et le ménage. Si ça continuait, il serait obligé de descendre pour la forcer à manger. Il ne manquerait plus qu'elle soit en train de lui faire une grève de la faim. Son petit monde idéal ne fonctionnait pas à la perfection, mais c'était déjà ça. Chloé reprenait des forces dans sa chambre, il pouvait lui aussi s'accorder un peu de bon temps. Il opta donc pour une séance de cinéma suivie d'un fast-food. Vic lui avait envoyé une dizaine d'e-mails inquiets en lui demandant « ce qu'il foutait », mais Mickael préférait ne pas le voir tant que son plan n'était pas une totale réussite. Son pote avait l'art et la manière de lui soutirer des informations et il y avait trop en jeu pour qu'il prenne le moindre risque.

Après le film – un remake de *La Nuit des masques*, un bon vieux slasher des années 1980 –, il se dirigea vers le restaurant de *junk food* le plus proche et s'installa à une table isolée devant un énorme burger. Tout en mordant dans la viande bien grasse, il passa en revue la suite des événements. Lorsque Chloé se serait calmée, ils auraient une discussion tous les deux pour reparler de leur projet familial. L'autre soir, après l'avoir gazée et à moitié étranglée, il avait hésité à lui retirer sa petite robe noire pour faire son affaire pendant qu'elle était inconsciente. Mais ce n'était pas de cette manière qu'il voyait les choses la concernant. Mickael n'était pas un expert en la matière, mais il lui semblait qu'un enfant devait être le fruit d'un amour partagé. Pour ça, il fallait qu'il arrive à la convaincre de désirer cette graine qui pousserait dans sa chair. Malheureusement, pour l'instant, elle le considérait comme un malade, lui qui ne souhaitait que son bonheur.

La tête d'abruti de Julien se forma dans son esprit et il sentit la colère revenir. Comment avait-elle pu s'offrir à ce gars au point de le laisser lui passer la bague au doigt ? Un type incapable de la protéger, incapable de l'aimer. Il avala le reste de son menu extra large en quelques bouchées avides. Depuis qu'il était tout petit, la nourriture le calmait. D'ailleurs, une autre preuve de sa génétique défaillante était que malgré d'incroyables quantités de calories ingurgitées et une absence totale de sport, il ne grossissait jamais. Au contraire, son corps dépensait naturellement beaucoup plus d'énergie pour survivre qu'il ne pouvait en absorber. Le médecin avait parlé d'hyperthyroïdie accélérant son métabolisme et l'exposant à certaines maladies cardiaques. Conneries inventées pour maintenir le troupeau dans l'ignorance une fois encore. Mickael était simplement un *incel*, condamné par son ADN à avoir une existence misérable avant de crever seul et oublié de tous.

Il chassa ses idées noires avec les dernières gorgées de son soda et retourna à sa voiture, profitant des rues désertes pour se fondre dans les ombres. Dans la nuit bien avancée, ce foutu mistral continuait de souffler en continu. Son téléphone portable vibra et il faillit ne pas le regarder – persuadé qu'il s'agissait d'un énième appel de Vic. Mais il glissa finalement sa main dans la poche de son treillis et palpa la surface lisse de l'écran pour vérifier ses messages. C'était une notification de son appli de sécurité. Mickael sentit son rythme cardiaque s'accélérer alors qu'il débloquait l'interface pour accéder au programme. Le retour vidéo de la caméra 16, située à l'extérieur du sanatorium, s'afficha. L'image granuleuse montrait les murs décrépis et quelques gravats jonchant le sol dans une obscurité quasi totale. Soudain, deux silhouettes émergèrent et passèrent dans le champ en silence. Mickael sursauta de stupeur et courut jusqu'à son véhicule. En se dépêchant, il pourrait être sur place dans moins de trente minutes. De longues minutes durant lesquelles les intrus auraient le temps de fouiller les ruines et peut-être de trouver l'entrée du bunker.

40

Mickael se gara en trombe en bas du chemin des ruines. Le mistral soufflait avec violence, rendant l'air glacial et soulevant une poussière noire autour de lui. Il se précipita à l'entrée principale du sanatorium puis traversa le hall délabré, évitant les poutres effondrées de toutes parts. Le faisceau de sa Maglite dévoilait les ombres inquiétantes des pièces décrépies aux murs couverts de graffitis. Il sentait le sang battre dans ses tempes tandis qu'il se déplaçait le plus rapidement possible entre les gravats. Il descendit les marches quatre à quatre, ses pas se répercutant contre les parois humides et crasseuses.

Une fois dans la galerie principale, il décida de faire une pause pour reprendre son souffle. Il n'était qu'à quelques mètres de la salle du bassin et rien ne perçait le silence des lieux hormis sa respiration. Une odeur de terre envahit ses narines et ses doigts tremblèrent lorsqu'il resserra la prise sur la lampe. Soudain, un bruit métallique et des chuchotements étouffés résonnèrent faiblement dans le couloir. Mickael se figea sur place. Quelqu'un était en train de monter à l'échelle sous la trappe du bassin. Il sentit une bouffée d'adrénaline lui traverser le corps et sortit lentement le masque de son sac. Il le passa sur son visage, inspira profondément et s'avança, coupant le faisceau de sa lampe.

Une fois à l'entrée de la salle, il risqua un regard à l'intérieur. Le volet en acier était ouvert, laissant filtrer un faible rayon de lumière qui découpait deux silhouettes dans l'obscurité. Elles s'extirpaient du bunker l'une après l'autre avec une hâte manifeste. La première était celle d'un homme athlétique portant un sac à dos. Juste derrière lui, une femme plus petite grimpa en lui donnant ce qui ressemblait à une caméra. Mickael restait parfaitement immobile, retenant son souffle, les yeux braqués sur les intrus, analysant leurs gestes. Il serra les poings, l'esprit en ébullition. Chaque seconde comptait.

Il fouilla dans sa poche et saisit la poignée de son Taser avant de s'avancer. Un premier pas, puis un deuxième. Ils n'avaient pas encore remarqué sa présence et semblaient absorbés par ce qui se passait à l'intérieur. La jeune femme se pencha et dit : « Venez, tout va bien », et l'image se forma complètement dans l'esprit de Mickael. Ils avaient découvert le PC de sécurité et l'entrée de l'appartement. Forcé le cadenas de la trappe, déplié l'escalier et libéré Chloé. Elle devait à cet instant même grimper le long de l'échelle. Sans aucune hésitation, il progressa d'un pas supplémentaire et pointa son arme droit devant lui. C'est là que son genou heurta quelque chose parmi les décombres éparpillés dans la pièce et il poussa un cri de douleur.

L'homme dut l'entendre car il tourna la tête vers lui et son visage se décomposa de terreur. Sans même prendre le temps d'attendre sa copine, il détala dans l'obscurité. Elle mit quelques secondes à comprendre la situation. « Qu'est-ce que tu f… ? » Puis elle aperçut enfin Mickael qui se jeta sur elle pour l'écarter violemment de l'ouverture en lui balançant un grand coup de pied dans le ventre. Il hésita un instant à presser la détente du Taser, mais se dit qu'il valait mieux gérer l'urgence.

— Qu'est-ce qui se passe ?

La voix était faible. Elle provenait de l'intérieur du puits et il n'eut aucun mal à la reconnaître. La fille à la caméra en profita pour se redresser d'un bond et détaler à toute vitesse comme un rat dans les décombres. Mickael s'accroupit afin de se placer en surplomb au-dessus de l'ouverture. Chloé était là, à quelques mètres seulement de la sortie. Difficile de décrire l'émotion qu'elle exprima au moment où elle comprit que son rêve de liberté venait de prendre fin. Sa jolie petite bouche se déforma en une moue d'horreur et Mickael décida de ne pas prolonger cette rencontre déplaisante. Il lâcha le Taser et fit glisser la plaque en fonte jusqu'à son emplacement. À l'intérieur, Chloé accéléra la cadence dans un ultime espoir de s'échapper. Mais elle n'en eut pas le temps. Au moment où ses mains allaient se poser sur le carrelage du bassin pour prendre appui, Mickael referma l'accès si bien qu'elle fut obligée de lâcher prise. Il entendit un bruit sourd ne laissant aucun doute sur la gravité de sa chute, peut-être mortelle, mais à cet instant même la vie de Chloé n'avait plus d'importance. Il avait vu la caméra. Il était absolument certain qu'ils avaient filmé leur découverte. Il fallait qu'il retrouve ces deux fugitifs à tout prix.

41

La poursuite ne dura que quelques minutes. Mickael avait tellement parcouru ces ruines qu'il en connaissait les moindres recoins. Il rattrapa les deux jeunes gens alors qu'ils s'extirpaient par une fenêtre de l'aile ouest, mais en dépit de ses hurlements et de la menace du Taser, ils se jetèrent hors de l'édifice pour s'enfoncer dans la nuit. Mickael emprunta un couloir menant à une porte de service défoncée et les récupéra sur le terre-plein. Ils détalaient comme des lapins, leurs silhouettes éclairées par les rayons de la lune, traçant en ligne droite vers le sommet de la butte. Le souci, et ils allaient le découvrir dans quelques secondes, c'est que la face sud du bâtiment donnait sur une falaise abrupte. Il diminua l'allure pour reprendre son souffle et marcha d'un pas assuré, son arme braquée devant lui.

— Vous êtes vraiment des abrutis, dit-il en les voyant prendre conscience de la situation.

La fille commença à paniquer. Elle portait un sweat à capuche et un treillis militaire. Elle hurlait comme une timbrée sur le mec en lui reprochant de s'être barré en la laissant derrière. L'homme finit par la calmer et se rapprocha lentement de Mickael, une main en avant.

— Désolé, monsieur, on ne savait pas que c'était une propriété privée. Si on doit payer une amende, on veut bien…

— Tu me prends pour un con ? T'as vu la fille, t'as vu mon masque ? Tu crois que je suis juste le gardien du sanatorium ?

— Qu'est-ce que vous faites là-dedans ? Vous l'avez enlevée, c'est ça ? Vous la séquestrez dans cette cave ? C'est la fille du centre commercial, celle qui a sa tête dans le journal ! gémit la gamine derrière les épaules du gars.

— C'est pas tes oignons. Donne-moi cette caméra.

Elle échangea un regard avec l'homme avant de venir la déposer doucement à un mètre de lui. Mickael avança d'un pas et l'écrasa d'un coup de talon, envoyant valdinguer les composants électroniques sur les cailloux.

— Vous n'allez pas nous faire de mal ? se lamenta le type en abaissant sa capuche.

C'est alors que Mickael eut le choc de sa vie. Menton carré, visage symétrique, épaules larges, coupe en brosse militaire ! C'était ce connard de Loïc « Brad » Fit ! Un apôtre de la musculation en ligne, un Dieu parmi les Chad qui passait son temps à déblatérer contre les mecs comme lui en les traitant de lopettes. Et la gamine à capuche… il l'avait vue au stage. Sa petite sœur… la passionnée d'Urbex qui exposait ses photos.

— Brad Fit !? balbutia-t-il sans pouvoir s'en empêcher.

— Tu me connais ? répondit le gars d'une voix soudain plus assurée. T'es abonné à ma chaîne ? Je te fais un prix, si tu veux. Je te coache perso !

Il aurait eu honte de l'avouer, mais oui, Mickael le suivait depuis de nombreuses années. À une période, il avait lutté contre sa génétique en tentant de gagner du muscle. Mais au vu des résultats, il avait préféré laisser tomber.

— J'sais pas qui tu es, connard. Recule.

Loïc « Brad » Fit se figea sur place avant de retourner en arrière.

— Laissez-nous partir, monsieur, je vous jure qu'on ne dira rien, répliqua la petite avec des yeux rouges de larmes.

Une rafale de vent souleva un peu de terre qui vola autour d'eux avant de disparaître dans la nuit.

— Reculez, lança Mickael en avançant, le canon pointé dans leur direction.

Ils s'exécutèrent jusqu'à comprendre qu'il n'y avait aucune issue. La falaise s'écrasait dans la forêt dont la cime des arbres formait une mer opaque à une dizaine de mètres en contrebas.

— On ne peut pas reculer… c'est le vide derrière.

— Justement, répondit-il sans aucune émotion dans la voix.

C'était le grand moment. Il allait enfin passer à l'acte comme tant de ses frères avant lui. Le sacrifice de ce Chad et sa conne de sœur serait la première pierre à son édifice. Il regrettait seulement de ne pas pouvoir filmer tout ça.

— On ne va pas se jeter, espèce de malade ! hurla la fille.

— Ta gueule, Magali, répondit Loïc en la fusillant du regard.

— Fermez-la tous les deux et reculez.

Mais Loïc ne l'écouta pas et eut une réaction étrange. Il déchira son tee-shirt pour dévoiler son torse sculpté à la protéine de synthèse.

— Ah ouais ? Et tu vas faire quoi maintenant ? dit-il en gonflant ses pectoraux.

Les crochets du Taser le percutèrent au niveau des tétons. Lorsque l'arc électrique contracta ses muscles, il fut projeté en arrière et disparut d'un coup. On entendit à peine un premier bruit sourd au moment où son corps se brisa contre les rochers, puis un second de pastèque écrasée à la fin de sa chute. La fille hurla et se jeta sur Mickael. Il n'avait pas eu le temps de recharger son arme, mais il avait prévu la manœuvre. Après tout, il était allé à bonne école avec Chloé. Il sortit sa bombe lacrymo et l'aspergea en avançant vers elle les bras en avant. Elle recula en gémissant, les pieds au bord de l'abîme.

Mickael la regarda quelques secondes tenter de reprendre sa respiration et s'approcha pour donner le coup de grâce. Mais au moment où il la percuta du pied afin de l'envoyer rejoindre son frère, elle eut le réflexe de lui saisir fermement la jambe. Malgré son petit gabarit, son poids était suffisant pour le déséquilibrer et l'entraîner avec elle dans le vide. Mickael s'agrippa à tout ce que ses doigts trouvèrent. Une pierre qui lui arracha un ongle, quelques racines, la terre, puis il fut aspiré en arrière et son corps virevolta dans les airs en tombant. Après un temps qui lui parut infiniment long, il heurta une masse étrangement molle avec tant de violence qu'il sentit son cœur exploser. Et puis plus rien.

PARTIE QUATRE

JULIEN & CHLOÉ

42

Lorsqu'il reprit conscience, la nuit était tombée. Julien observa les corps de ses amis au pied de la falaise. Loïc était couché face contre terre, les jambes pliées selon un angle contre nature. Du sang noir et coagulé sortait de ses oreilles et lui recouvrait les joues. Magali se trouvait à quelques mètres seulement. Emmitouflée dans son sweat, la capuche relevée, elle semblait endormie. Du moins jusqu'à ce qu'il découvre son visage d'un blanc livide. Ses yeux grands ouverts le fixaient d'un regard laiteux qui le mit mal à l'aise. Il se pencha pour poser une main sur son cœur, comme si un miracle allait se produire, mais ne ressentit que le froid abyssal de la mort.

Une branche craqua à quelques mètres et il se retourna brusquement vers la forêt. Les pins dansaient sous la lune au rythme du mistral. Leurs cimes roulaient de droite à gauche dans une frénésie infernale. Personne à première vue, mais Julien percevait une présence. Ses yeux fouillèrent l'obscurité. Les drones de surveillance dont avait parlé Loïc… et s'ils existaient vraiment ? S'ils étaient en ce moment même en train de le filmer pour le plaisir malsain d'une personne qui restait dans l'ombre ? Peut-être le docteur Alhaire ? Il fallait qu'il quitte ce lieu maudit, qu'il s'enfuie aussi loin que possible pour échapper à la paranoïa, à la folie.

Mais le visage angélique de Chloé le rappela à la raison. Son amour l'attendait quelque part dans les environs et elle avait désespérément besoin d'aide. Il se redressa et commença à longer la falaise pour trouver une voie plus praticable. Au bout d'une quinzaine de minutes, il était parvenu à remonter sur le parapet où se dressaient les ruines du sanatorium. Il pénétra dans la carcasse éventrée et parcourut les couloirs jusqu'à retrouver la salle de l'arbre puis l'escalier qui s'enfonçait dans les entrailles du bâtiment. Ce chemin lui sembla tellement naturel que l'absence de lumière ne le gênait pas. Trente marches avant de bifurquer sur la droite pour suivre le long corridor dont il emprunta la troisième porte sur sa gauche. Tout cela était orchestré dans sa tête comme un air bien connu, répété à l'infini.

Une fois le bassin rejoint, il descendit à l'intérieur et se dirigea vers la trappe dont il fit glisser le panneau en fonte, laissant apparaître un trou obscur et inhospitalier. Loïc avait abandonné une lampe torche et Julien s'en saisit pour éclairer les profondeurs du puits. Une échelle maçonnée contre le mur se perdait dans l'abîme. Il posa son pied sur un barreau qui vibra sous son poids. En quelques secondes, il s'était engagé entièrement et sentit l'âpreté de la rouille lui écorcher la peau des doigts. À mesure qu'il s'enfonçait, une angoisse l'envahit. Et s'il ne retrouvait pas Chloé ? S'il se trompait depuis le début et qu'elle n'était pas là ? Ou pire, s'il la découvrait dans le même état que ses camarades ?

Son arrivée sur la terre ferme coupa court à ses interrogations. Il s'agissait d'une pièce carrée aux murs de béton rongés par l'humidité. Le faisceau se fixa sur le sol où une tache vermeille formait une longue traînée menant à une ouverture. Du sang. Beaucoup de sang. Il suivit cette piste morbide dans une galerie jusqu'à une nouvelle trappe d'où s'échappaient par intermittence des flashs de lumière. Cette fois, ce n'était pas une échelle, mais un escalier mécanique déplié vers l'intérieur de ce qui semblait être un autre réseau souterrain. La traînée sanglante menait clairement dans cette direction, et il n'hésita pas longtemps avant de descendre. Les rouages grincèrent sous son poids et il se retrouva dans le couloir de ce qui avait tout l'air d'un appartement.

Contre le mur recouvert de papier peint, une applique grésillait d'une lumière électrique intermittente. La quantité de sang diminua à mesure qu'il progressait, dépassant la porte d'une cuisine plongée dans la pénombre. Sa piste commença à s'étirer en un arc de cercle conduisant dans une nouvelle pièce. Julien hésita. Si c'était Chloé, elle devait être très mal en point. Le battement de son cœur s'accéléra quand il pénétra à l'intérieur de la petite chambre dont le seul éclairage était l'écran d'un poste de télévision. Il discerna quelques meubles, un lit et, au pied de celui-ci, une forme humaine étendue de tout son long. Une femme. Sa femme. Julien lâcha la lampe torche et se précipita vers elle. Ses mains tremblèrent en la touchant. Il sentait sa chaleur, mais elle respirait faiblement. Beaucoup trop. Il souleva doucement sa tête et ses yeux se fixèrent sur une de ses jambes. La peau déchirée au niveau du tibia laissait apparaître la pointe rosâtre d'un os autour d'un morceau de chair boursouflée. Une fracture ouverte. « Chloé, mon amour », gémit-il à la vue de la vilaine blessure.

Chaque seconde comptait. Une détermination féroce l'envahit, il devait la sauver à tout prix. Il la prit dans ses bras, surpris par sa légèreté. Ses cheveux étaient collés par le sang qui avait coulé sous son corps, sa respiration irrégulière. Il la serra contre lui et se leva avec une précaution extrême. Le couloir de cet appartement factice lui sembla soudain plus sombre, les murs plus rapprochés, comme s'ils refusaient de les laisser s'échapper. Arrivé à l'escalier, il la plaça sur son dos avec une lenteur calculée, de manière à pouvoir la remonter sans la blesser davantage. L'effort lui arracha un grognement de douleur, mais il parvint à les conduire hors de cet enfer. Tout ce qui comptait désormais, c'était la vie de cette femme qu'il avait obstinément recherchée depuis son réveil. Les mots du docteur Alhaire, leur évasion rocambolesque et la fuite à travers les bois n'avaient pas d'autre but que cet instant précis.

L'énergie du désespoir lui permit de l'extraire des entrailles du sanatorium. Arrivé sur le terre-plein, il s'arrêta une minute pour se reposer. Une bouffée d'air frais caressa son visage, apportant avec elle l'odeur distinctive de la forêt. Il allongea Chloé sur un tapis d'aiguilles de pin, prenant soin de soutenir sa tête, et se redressa pour prendre une profonde inspiration. La lune, haute dans le ciel d'été, projetait sa lueur argentée qui illuminait les bois. Le chant des insectes nocturnes et le bruissement des feuilles lui procuraient une étrange sérénité. Julien ferma les yeux un instant, se laissant bercer par cette ambiance particulière. Qu'allait-il faire pour la sauver ? L'image d'un moulin entouré de lavande lui revint soudainement à l'esprit. Chez eux, dans leur foyer… c'est là qu'il devait la conduire. Mais comment s'y rendre ?

Il rassembla ses forces quelques secondes encore puis se redressa d'un coup pour installer Chloé sur son épaule et avança d'un pas rapide vers la façade ouest du sanatorium. Une intuition inexplicable le guida sur un sentier à peine visible entre deux collines de ronces. De là, il s'engouffra sur une antique allée dont ne subsistaient que quelques dalles recouvertes de terre. Au bout, il découvrit une route au bitume rongé par les racines et une voiture garée à la va-vite. Le véhicule semblait abandonné, la porte conducteur était grande ouverte. Julien installa Chloé à l'arrière, l'allongeant très précautionneusement sur la banquette. Il se posta derrière le volant et pencha instinctivement sa main sur le côté pour fouiller la boîte à gants. À l'intérieur, au milieu de vieux chiffons, de chewing-gums et de papiers froissés, se trouvait un trousseau de clés. Un soulagement intense l'envahit. Il devait agir vite. Le moteur répondit immédiatement lorsqu'il mit le contact. Julien vérifia une dernière fois que Chloé était bien installée, puis appuya sur l'accélérateur, quittant les ruines du sanatorium pour s'engager sur la route.

43

Entre les champs de lavande apparurent d'abord les moulins puis les premières haies des lotissements alignés comme des dominos, tous identiques, formant une coulée de béton et de tuiles rouges sans aucun charme au milieu d'un paysage qui n'en manquait pas. L'intérieur du véhicule était plongé dans l'obscurité, seulement éclairé par les voyants lumineux du tableau de bord.

Julien jetait de fréquents coups d'œil dans le rétroviseur, scrutant la banquette arrière où Chloé était étendue, inconsciente. Elle n'avait pas bougé depuis leur départ du sanatorium et cela commençait sérieusement à l'inquiéter. Il ralentit l'allure en arrivant en haut de la côte et observa la jeune femme dont la respiration était toujours aussi saccadée. Un mince filet de sang noir et épais coulait de sa jambe, et son visage lui parut encore plus livide que dans les ruines. Il fallait s'occuper de cette blessure au plus vite. Il avait d'abord pensé se rendre dans un hôpital, mais étant donné leur situation, il ne pouvait pas prendre ce risque. Bien sûr, il suffisait de la laisser aux urgences et de disparaître, mais l'idée de l'abandonner et de la perdre à nouveau lui était insupportable. Non, il trouverait certainement chez lui de quoi désinfecter sa plaie et pratiquer les premiers soins, même s'il n'avait qu'un souvenir très flou de cette maison.

Dans quelques minutes, ils arriveraient à destination et Julien aviserait de la suite des opérations. Soudain, un aboiement déchira le silence de la nuit. Julien s'arrêta, ses sens en alerte maximale. Il scruta l'obscurité et aperçut des lumières clignotantes tout au bout de la route. Il éteignit ses phares, coupa le moteur et braqua le volant pour faire glisser le 4 × 4 sur le bas-côté avant de sortir discrètement, laissant la portière entrouverte pour faire le moins de bruit possible. À mesure qu'il avançait en direction de sa maison en se faufilant entre les lavandes, les formes de plusieurs véhicules se détachèrent sur le crépi blanc des façades. Trois voitures de police garées juste devant son portail ! Il se jeta sur le sol et sentit une terre humide se coller à la peau de son visage. Ils étaient tout près. Plusieurs faisceaux de lampes torches balayèrent les buissons autour de lui. Julien prit une profonde inspiration et rampa sur le côté pour s'éloigner. Lorsqu'il risqua à nouveau un regard, il distingua plusieurs silhouettes patrouillant dans les environs et reconnut son voisin, le chien entre les jambes pour tenter de le calmer, en pleine discussion avec un agent.

Ils avaient retrouvé sa trace ! Mais comment ? La voix du docteur Alhaire sur son répondeur résonna soudain dans sa tête : « La police a découvert votre identité, ils sont en route pour votre domicile. » Après son évasion de l'hôpital avec Loïc et Magali, le médecin avait essayé de les prévenir, ça, il s'en souvenait. Et maintenant les flics étaient chez lui au pire moment ! Il devait agir, trouver un moyen de s'échapper et d'emmener Chloé quelque part où il pourrait s'occuper de sa blessure. Ses yeux cherchèrent les rais de lumière pour déterminer combien de personnes scrutaient les environs et à quel point elles étaient proches. Il en compta une demi-douzaine au moins. Le mistral continuait de souffler son murmure incessant, pliant les brins de lavande par vagues. Il profita d'une rafale plus forte pour faire demi-tour et ramper tel un reptile en déplaçant le moins de terre possible autour de lui. La voiture se trouvait à une centaine de mètres. Il devait absolument la rejoindre avant qu'un de ces salopards ne soupçonne sa présence et donne l'alarme.

De retour au véhicule, il se glissa à l'intérieur et referma la portière avec une précaution extrême. Démarrer attirerait à coup sûr leur attention et il opta pour une autre stratégie. Il désengagea le frein à main et commença à reculer en utilisant uniquement la pente naturelle de la route. Le 4 × 4 roula doucement sur le bitume, s'éloignant des patrouilles de police, et lorsqu'il fut certain d'être à distance suffisante, Julien tourna le volant de manière à amorcer un demi-tour. Alors seulement, il alluma le moteur et partit en sens inverse. Il accéléra, les mains serrées sur le volant, les yeux fixés sur le rétroviseur pour s'assurer que personne ne le suivait. Bientôt, les moulins disparurent pour ne laisser qu'une obscurité rassurante.

Chloé tourna la tête sur le côté et gémit quelque chose dans sa direction. Il se pencha pour essayer de comprendre, mais ne réussit pas à saisir le sens des quelques mots qu'elle murmurait entre ses lèvres sèches. Au-dessus d'eux, le ciel s'étendait à perte de vue en une myriade d'étoiles blafardes. Où allaient-ils se rendre ? La voix de Loïc répondit dans son crâne : *Nulle part, mec ! Ils ont des espions partout ! Ils te surveillent avec leurs drones et leurs*

caméras ! Ils vont vous prendre tous les deux et vous ramener dans leur clinique pour vous faire des trucs dégueulasses…
Une boule d'angoisse se forma dans son estomac, mais il se concentra sur la route afin de chasser ces idées noires. Même si la situation semblait désespérée, une seule chose comptait : il avait retrouvé la femme de sa vie et il ne laisserait personne les séparer. Jamais.

44

Il roula en direction du sud jusqu'à apercevoir les premiers rayons du soleil. Les vallons recouverts de forêt avaient peu à peu laissé place à une zone plus aride dont les roches grisâtres formaient des crêtes acérées entourées d'une végétation brûlée par la chaleur. Le ciel rose pâle donnait l'impression de traverser un décor féerique. Il y eut un mouvement sur la banquette arrière quand Chloé tourna difficilement sa tête avant d'être prise d'une violente quinte de toux.

Julien ralentit et se gara sur le bas-côté. « Chloé, mon amour », dit-il en repoussant doucement une mèche de ses cheveux derrière son oreille. Elle ne répondit pas, mais son front était brûlant et son visage parcouru de spasmes douloureux. Il ouvrit la portière et se dirigea vers l'arrière de la voiture. Un air frais porté par le mistral traversa le tissu de sa chemise et le fit frissonner. Il n'y avait rien autour de lui si ce n'était ce paysage semi-désertique et, au loin, la mer dont il sentait les premiers embruns.

À l'intérieur du coffre, il découvrit un bric-à-brac d'objets : quelques bouteilles d'eau, une trousse à outils, une veste de chasse, une pelle militaire… Il prit une bouteille, arracha un pan de sa chemise qu'il imbiba généreusement de liquide tiède et revint dans l'habitacle pour le déposer sur le front de Chloé. La fièvre pouvait être un signe d'infection et il décida d'inspecter sa blessure. Son tibia fracturé avait doublé de volume. Autour de la plaie, dont la couleur grisâtre ne laissait rien présager de bon, un large hématome gorgeait ses tissus de sang au point que son réseau veineux palpitait de manière presque visible sous sa peau.

Julien sentit son cœur se serrer en prenant conscience de l'ampleur du désastre. Sans soins, elle risquait de perdre sa jambe ou pire encore. Il l'installa du mieux qu'il put pour conserver son visage à l'ombre et ouvrit les fenêtres afin de créer un courant d'air. Il fallait qu'il continue de rouler. Tout droit vers la mer en évitant les grands axes. Il finirait par rejoindre la côte et il pourrait passer la frontière espagnole. Peut-être qu'une fois là-bas, le docteur Alhaire et sa clique le laisseraient tranquille ? Julien ne savait plus vraiment. Ses idées étaient floues, sa perception du monde imprécise. Son univers se résumait à une simple réalité : il y avait eux, les oppresseurs, qui œuvraient à sa destruction, et il y avait lui, victime d'une expérience injuste, sans oublier Chloé, sa bien-aimée. Sans elle, il n'était rien. Elle était son moteur depuis le début.

Une sonnerie retentit à l'arrière de la voiture et le fit sursauter. Julien se précipita pour découvrir que la musique venait de la veste abandonnée au fond du coffre. Il plongea une main dans la poche intérieure et en sortit un téléphone portable. L'écran clignotait en affichant un nom : Vic. Ça lui rappela vaguement quelque chose, mais rien de suffisamment précis pour le rassurer. *C'est un piège, mec ! Ne décroche surtout pas ! Si tu fais ça, tu vas le regretter.* Il regarda Chloé à travers la lunette arrière et se dit qu'il n'avait pas le choix. Son doigt glissa vers le bouton vert et il appuya en prenant une grande inspiration.

— Oui ?

— Micka ? prononça une voix rauque teintée d'inquiétude. T'es où, là ? Pourquoi tu réponds pas à mes messages ?

Julien plissa les yeux, essayant de mettre un visage sur cette voix, mais rien ne lui revenait clairement.

— Je suis sur une route… je… je m'occupe de quelque chose d'important.

Il y eut un silence, puis Vic reprit avec plus de fermeté :

— Écoute, il faut qu'on se parle. T'as vu les infos ? Y a les flics chez toi, Micka ! Les flics ! Qu'est-ce que t'as fait ? C'est vrai ce qu'ils disent ? C'est toi qui as enlevé cette fille ?

Julien sentit la tension monter. Il n'avait aucune idée de ce à quoi ce type faisait allusion.

— Bordel, mais réponds-moi ! J'vais pas te dénoncer. Je veux t'aider, mec ! Tu ne peux pas rester seul comme ça.

— Qu'est-ce que tu veux dire ? De quoi tu parles ?

— Tu sais très bien de quoi je parle ! Les flics sont partout, ils sont venus me voir, mec ! Chez moi ! Pour me poser des questions.

— Et tu leur as dit quoi ?

— Que t'es un type bien. Qu'est-ce que tu veux que je leur dise ? T'es un frérot, non ? On est dans la même galère tous les deux. Mais si tu veux t'en sortir, va falloir élaborer un plan, parce que sinon ils vont te choper.

Julien resta silencieux un instant, son esprit travaillant à plein régime. Devait-il faire confiance à ce Vic dont il ne conservait que de vagues réminiscences ? Il jeta un nouveau regard à Chloé, toujours inconsciente, et prit sa décision.

— T'as des médicaments ? Des antibios ?

— Euh… ouais… pourquoi ?

— Laisse tomber et réponds-moi. Tu peux me les apporter avec du désinfectant et de quoi faire des bandages ?

— T'es blessé ?! Qu'est-ce qui se passe ?

— Pose pas de questions. T'es OK pour me les apporter ou pas ?

Vic soupira longuement avant de reprendre :

— D'accord. On se retrouve où ?

45

Le soleil était déjà haut dans le ciel lorsque la voiture de Vic pénétra dans l'ancienne carrière, soulevant dans son sillage un nuage de poussière blanche. Le site se composait d'un vaste terrain de graviers entouré de falaises abruptes où le silence oppressant n'était interrompu que par les croassements de quelques rapaces qui nichaient dans les hauteurs. Vic se gara derrière un monticule et approcha d'un pas rapide. Il portait une barbe broussailleuse surmontée de lunettes d'aviateur et tenait à la main un petit sac de sport en camouflage militaire. Julien l'observa tout du long sans que sa silhouette éveille le moindre souvenir.

— Putain, Micka, mais qu'est-ce que tu fous ? C'est quoi cet endroit ? lança-t-il, visiblement stressé. Les flics te cherchent partout.

Julien garda son calme, les yeux fixés sur cet homme qu'il ne connaissait pas.

— Je sais. J'ai dû quitter ma maison en vitesse. Tu as apporté ce que je t'ai demandé ?

— Ouais, tout est là, dit-il en lui montrant le sac. T'as pas l'air blessé pourtant.

— C'est pas pour moi.

— Pour qui alors ?

Il hésita quelques secondes avant de répondre.

— Chloé… Elle est dans la voiture.

— Chloé ? dit Vic en fronçant les sourcils. La meuf dont tu n'as pas voulu me parler ? Celle qui a été enlevée ?

Julien fit un signe de tête vers le 4 × 4.

— Elle est à l'arrière avec une vilaine blessure à la jambe.

Vic se dirigea vers la voiture, jetant des regards inquiets autour de lui comme s'il craignait de tomber dans un piège. Lorsqu'il ouvrit la portière, ses yeux s'écarquillèrent et il se retourna avec exaltation.

— Putain… mais qu'est-ce que ?! Alors c'est vrai ! T'as enlevé cette fille ! Mais tu comptes faire quoi ? Qu'est-ce qui s'est passé ?

Julien chercha ses mots avant de reprendre :

— C'est compliqué. Elle a été blessée pendant notre fuite. Il faut que je la soigne avant que ça s'aggrave.

— Mais pourquoi tu veux la soigner ?

Il y eut un moment de silence durant lequel Vic lui lança un regard presque de reproche. Puis son visage s'illumina d'un large sourire.

— J'ai pigé ce que tu fais, Micka. T'as décidé de franchir le seuil, de devenir un saint comme Elliot. Pourquoi tu ne vas pas au bout de ton idée ?

— Tu veux dire quoi ? Je ne comprends pas.

— T'es bizarre, mec, vraiment. Mais j'imagine que moi aussi, je serais comme ça si j'avais enlevé une fille. Tu t'es chargé, c'est ça ? Des amphètes ou un truc du genre ?

— Écoute… d'abord, je ne m'appelle pas Micka, protesta Julien en serrant les poings, mais Vic ne lui laissa pas le temps de continuer.

— OK, t'es dans ton délire. C'est pas grave, on s'en fout. Ce que je veux dire, c'est que plutôt que de la soigner, t'as qu'à la buter ici, dans cette carrière à la con. Moi, je filme avec ton portable et on poste ça direct sur YouTube. Tu vas devenir un exemple, mec. Tu vas l'avoir, ta sainteté. Putain, Micka, tu cachais bien ton jeu. Moi qui te prenais pour un rien du tout. En fait, t'es un prédateur ! Un vrai. Bordel, j'suis trop fier d'être ton pote.

Il fouilla dans la poche de son treillis et en sortit un couteau qu'il déplia pour laisser apparaître une lame crantée.

— T'as qu'à utiliser ça. Plus c'est gore, plus ça buzze ! C'est comme ça que ça marche.

Julien réalisa soudain à quel point l'homme qu'il avait en face de lui était sérieux. Il recula, horrifié.

— La tuer ? Elle est tout pour moi ! Pourquoi je ferais une chose pareille ?

Vic secoua la tête. Les traits de son visage se durcirent.

— T'as pété une durite, mon pote, mais c'est pas grave. Moi, je suis là et j'ai pas oublié qu'on est des frères. Je peux m'en occuper de cette salope. Je peux le faire à ta place, si tu veux.

La lame brilla sous les rayons du soleil et Julien comprit que le danger devenait de plus en plus réel. *Je t'avais bien dit de ne pas répondre à cet appel, abruti !* hurla la voix de Loïc dans son crâne. Vic pivota pour se diriger vers la banquette, mais Julien ne lui en laissa pas le temps. D'un geste vif, il se jeta sur lui et attrapa son poignet. Les deux hommes luttèrent violemment, roulant dans la poussière et les graviers. Vic tenta de se relever, mais, à califourchon sur lui, Julien l'en empêcha. Vic lâcha l'arme qui valdingua sur le côté et se protégea le visage de ses mains.

— Arrête, putain, mais arrête ! On est potes ! vociféra-t-il entre ses lèvres ensanglantées.

— Tu veux me forcer à la tuer, hurla Julien de toute sa rage, alors que je l'aime ! Que c'est la femme de ma vie !

Il se saisit du couteau et le plongea dans la poitrine de Vic qui écarquilla les yeux de surprise, puis poussa un long râle d'agonie.

— Ta gueule, cria Julien en répétant son acte une deuxième fois, puis une troisième, une quatrième et de nombreuses autres ensuite.

Il ne s'arrêta que lorsque le visage de Vic se transforma en un masque mortuaire et qu'il ne sentit plus aucun mouvement sous lui. Ses avant-bras étaient couverts de sang. Un vrai carnage. Julien resta un moment prostré, prenant conscience de ce qu'il venait de faire. Le souffle court, les mains tremblantes, il se redressa et laissa tomber le couteau.

La carrière était redevenue silencieuse, seul le mistral poursuivait son étrange respiration. Il se tourna vers la voiture. Il devait partir. Vite. Julien prit le sac et l'arme qu'il rangea dans sa poche. Il jeta un dernier regard à Vic, allongé dans une mare de sang, ses yeux vitreux figés dans le vide. Quelque chose au fond de lui regrettait ses actes, mais avait-il vraiment eu le choix ? Après quelques secondes, il rejoignit le 4 × 4, tourna la clé, fit rugir le moteur et quitta cet endroit maudit pour ne plus jamais y revenir.

46

Les kilomètres s'enchaînèrent sous un soleil brûlant. Julien resta sur les routes secondaires pour éviter les barrages de police. Petit à petit, les plaines rocailleuses et arides se transformèrent en un paysage plus méditerranéen où les forêts de pins maritimes entouraient des villages aux murs blancs, dont les clochers des églises se détachaient sur un ciel d'azur. Alors que la journée était déjà bien entamée, il aperçut enfin l'éclat bleu de l'océan. Un sentiment de soulagement le traversa. La mer, synonyme de liberté et de refuge pour tous ceux qui portaient l'espoir d'un monde meilleur, était à portée de main.

Il bifurqua et descendit une colline en empruntant une route sinueuse bordée d'oliviers aux troncs tordus. L'odeur saline de la mer se faisait déjà sentir et le bruit des vagues résonnait au loin. Il arriva finalement près d'une plage isolée où quelques touristes traînaient encore après une journée à bronzer sur le sable fin. Le chemin se terminait par un rond-point au bout duquel il s'engagea sur une étroite sente s'enfonçant dans la forêt. Après avoir roulé une dizaine de minutes, il coupa le moteur et quitta la voiture pour observer les alentours et s'assurer qu'ils étaient seuls. Satisfait, il alla à l'arrière du véhicule et vérifia l'état de Chloé. Il lui avait fait avaler plusieurs cachets d'antibiotiques et de paracétamol, mais son front était toujours aussi brûlant. Un coup d'œil à sa blessure lui rappela à quel point il était temps d'intervenir.

Julien attrapa le sac militaire de Vic et en sortit une trousse de soins à l'intérieur de laquelle se trouvaient des bandages, de l'alcool et une paire de ciseaux. Il prit la boîte à outils du coffre et l'ouvrit pour en faire l'inventaire, avant de revenir avec deux rouleaux de gaffer noir et un gros cutter. Son plan était simple, mais difficile à exécuter. D'abord, désinfecter la lame avec l'alcool, en prenant garde d'en conserver suffisamment pour le reste des opérations. Ensuite, racler la plaie pour en extraire le pus et les chairs nécrosées. C'était la partie la plus délicate et la plus douloureuse. Il faudrait sans doute donner à Chloé quelque chose à mordre pour éviter qu'elle ne se blesse la langue. Après, il utiliserait la gaze pour assainir au maximum la zone avant de la bander. Cela permettrait de minimiser l'infection, et les antibiotiques se chargeraient du reste.

Du moins en théorie. Mais cela ne résolvait en rien la question de sa fracture. L'os de son tibia pointait à travers la peau et, à moins de le remettre droit, il n'y avait aucune chance pour qu'il se calcifie correctement. Il utiliserait la bande adhésive par-dessus son pansement. En serrant suffisamment fort au niveau de la fracture, cela agirait peut-être comme un plâtre. Ce n'était clairement pas l'idéal, mais que pouvait-il faire d'autre ?

Une fois ses outils rassemblés, il prit quelques minutes pour se préparer à l'épreuve qui l'attendait. Chloé dormait dans la voiture à l'ombre des arbres. Le bruit des vagues et le chant ininterrompu des cigales rendaient l'ambiance paisible. Les rayons du soleil perçaient entre les feuilles argentées des oliviers, créant un jeu de lumière tout autour de lui. L'odeur résineuse des pins se mélangeait aux arômes puissants de romarin et de thym sauvage pour l'enivrer. À l'horizon, à travers les arbres, se profilait la mer dont l'éclat le forçait à cligner des yeux. Si tout cela n'avait pas été un cauchemar, il aurait eu l'impression de se trouver au paradis.

Mais ce n'était pas le cas. Après l'opération, il roulerait le long de la côte jusqu'à passer la frontière par les petites routes que personne ne penserait à contrôler. Ensuite, il se dirigerait vers le sud pour mettre le plus de distance possible entre la police et eux. Là, peut-être, ils auraient une chance de trouver la paix. Il ramassa une branche de chêne vert qu'il tailla de façon à en enlever toutes les aspérités, puis la plaça entre les mâchoires de la jeune femme qui transpirait à grosses gouttes. Il la tira un peu en arrière de sorte que sa jambe soit positionnée à l'extrémité de la banquette et il poussa le siège conducteur au maximum contre le volant pour se créer un espace suffisant. La lame du cutter semblait quasiment neuve et, une fois passée dans l'alcool, elle lui parut l'outil idéal pour ce qu'il s'apprêtait à faire. Il prit une longue inspiration et plaça la pointe acérée contre la plaie purulente. Puis il débuta sa triste, mais nécessaire besogne.

47

D'abord une chaleur oppressante qui lui enveloppa le corps, suivie par la sensation d'être plongée dans un liquide poisseux. À mesure qu'elle reprenait conscience, Chloé commença à percevoir un bruit mécanique au-dessus d'elle et la caresse d'un courant d'air frais qui la fit frissonner. Sa tête lui sembla remplie de coton. Elle avait les oreilles bouchées, le nez pris, la gorge sèche, et chaque respiration lui déchirait les poumons. Lorsqu'elle tenta de bouger ses bras, le résultat fut si douloureux qu'elle préféra abandonner. Elle resta donc allongée sur le dos dans un espace que son esprit ne parvint pas à mentaliser. Au fil d'un temps qui lui parut interminable, des bribes de mémoire se formèrent peu à peu. Son mariage avec Julien, leurs projets, l'enlèvement, la séquestration dans cet appartement factice infâme, le masque de Tom Cruise devant ses yeux, et puis… sa chute.

À l'instant précis où elle se vit lâcher les barreaux de l'échelle pour tomber en arrière, une douleur fulgurante lui parcourut le bas du corps. Quelque chose n'allait pas, elle le sentait. Au prix d'un effort immense, ses doigts commencèrent à bouger pour palper la peau de ses cuisses nues sans y déceler quoi que ce soit. Une douleur sourde pulsa depuis l'extrémité de sa jambe gauche.

Une douleur anormale. Elle se contorsionna sur le côté pour gagner quelques centimètres et glissa peu à peu la paume de sa main vers son genou. Sa chair lui parut terriblement gonflée. Impossible de descendre plus bas sans relever ses épaules et contracter ses abdominaux, une tâche bien trop ardue pour l'instant. Elle relâcha son effort et se concentra sur ses yeux. Après une lutte intense, elle réussit à décoller ses paupières.

Elle se trouvait dans une petite pièce baignée par la lumière orangée d'un coucher de soleil. Au-dessus d'elle, les pales d'un ventilateur en bois tournaient à vive allure. Elle inclina la tête pour découvrir une fenêtre dont les persiennes étaient à peine ouvertes. De l'autre côté du lit sur lequel elle était allongée, elle aperçut une armoire et un fauteuil roulant plié en deux, et posé contre le mur. Où était-elle ? L'ensemble lui faisait penser à une petite chambre d'hôtel. Elle se rappela les décors factices de sa prison et se demanda si tout cela n'était pas simplement une illusion.

Un son lui parvint de l'extérieur. Des bribes de phrases sortant d'une radio, entrecoupées de musique. De l'espagnol. Elle plia ses vertèbres cervicales pour incliner la tête et sentit une violente migraine l'envahir. Qu'est-ce qui l'avait mise dans un état pareil et depuis combien de temps ? Son corps ruisselait de sueur, et l'air de la pièce lui semblait particulièrement étouffant. Elle se concentra sur ses jambes pour tenter de les déplacer. La droite réagit normalement et elle parvint même à s'incliner un peu sur le côté. La gauche ne lui renvoya aucune sensation.

Une angoisse la traversa soudain. Elle lâcha un cri de rage en tournant les épaules de manière à rouler sur elle-même et se mettre en position fœtale. Une fois la manœuvre réussie, ses doigts descendirent en dessous du genou et rencontrèrent une épaisse bande de tissu. Puis, quand elle voulut faire glisser sa main plus bas, l'angoisse se transforma en un frisson d'effroi. Elle contracta tous ses muscles afin de se redresser d'un coup contre la tête du lit et parvint enfin à voir sa jambe. Son genou gauche était emmitouflé dans un immense pansement formant un moignon ensanglanté. Il n'y avait rien en dessous. L'horreur de cette vision lui arracha un râle lugubre de désespoir. On l'avait amputée. Son corps fut pris d'un spasme de rage si violent qu'elle tomba du lit et s'écrasa sur le parquet. Des larmes de frustration commencèrent à couler au rythme de longs sanglots.

C'est alors que la porte s'ouvrit, laissant entrer dans la pièce une lumière presque rose. La silhouette d'un homme accourut jusqu'à elle et se pencha pour l'aider à se redresser.

— Chloé, mon amour…, dit-il en la prenant dans ses bras.

Elle chercha à lui répondre, mais sa gorge était contractée et ses yeux la brûlaient.

— Ne pleure pas, mon amour. Je me suis occupé de toi. Tout va bien maintenant.

Il la porta comme une enfant et l'installa doucement sur le matelas avant de se serrer contre elle. Elle sentit la chaleur insupportable de son corps et la rugosité des poils de sa barbe contre sa peau. Elle voulait se débattre, hurler, mais en était incapable. Il se détacha d'elle et posa un baiser sur son front.

— J'ai été obligé de faire ça pour éviter que l'infection se propage. Je n'ai pas eu le choix. Tu me comprends, mon amour ? Tu me comprends ?

C'est à cet instant qu'elle reconnut ses yeux et sa voix infâme. Il ne portait plus de masque, mais c'était bien lui. Elle le vit se diriger vers la salle de bains et revenir avec une seringue remplie d'un liquide vitreux qu'il lui injecta dans l'épaule.

— Tu vas dormir un peu et après… ça ira mieux.

Chloé ne sentit même pas la piqûre de l'aiguille et ses sens commencèrent à l'abandonner, comme si elle s'enfonçait tout au fond d'elle-même. Seule subsistait l'image de sa jambe amputée et le visage de son ravisseur dont les lèvres bougeaient lentement pour lui dire :

— Plus rien ne nous séparera désormais.

48

Le réveil suivant fut moins douloureux. Chloé n'avait aucune idée du temps qui s'était écoulé depuis la dernière fois. Son épaule la faisait souffrir et elle remarqua plusieurs marques d'injections. On avait changé le pansement de sa jambe et son genou lui sembla un peu moins gonflé. Lorsque la porte s'ouvrit, elle fixa l'homme avec des yeux pleins de colère. Il tenait un gros sac en papier dans les mains.

— Tu es réveillée ? demanda-t-il avec un grand sourire.

Devant son silence, il posa le sac sur le bas du lit et lui tendit une barquette de cookies et une bouteille.

— Il faut que tu manges. Ça fait deux jours qu'on est là.

Chloé ne répondit pas, mais prit la bouteille et but une longue gorgée d'eau tiède qui lui déchira la trachée.

— J'ai dépensé quasiment tout l'argent de Vic en médicaments, pour cette chambre et le fauteuil. Je n'ai presque plus rien, il va falloir partir.

Les questions se bousculèrent dans sa tête. Qui était Vic ? Que s'était-il passé depuis sa chute ? Elle n'avait que le vague souvenir d'avoir retrouvé ses esprits par intermittence à l'arrière d'une voiture. Le vrombissement du moteur, les à-coups des amortisseurs et le souffle du vent l'avaient accompagnée longtemps avant un black-out total puis ce réveil atroce.

— Tu… tu m'as rendue infirme, dit-elle sans réussir à contenir son émotion.

L'homme se rapprocha d'elle et tenta de poser une main sur son visage, mais elle tourna la tête pour l'en empêcher.

— Non, je t'ai sauvée. Il fallait arrêter l'infection, j'ai fait de mon mieux avec ce que j'avais. Tu allais mourir, sinon.

— Mais pourquoi tu ne m'as pas amenée à l'hôpital ?

— C'était trop risqué, ils sont avec eux. Ils t'auraient capturée. Et ils auraient fait leurs expériences.

— Mais qu'est-ce que tu racontes ? Quelles expériences ? Qui ça, *eux* ?

— Écoute, je sais que ça paraît dingue. Moi non plus, au début, je n'y croyais pas, mais Loïc avait raison. Ils sont ligués contre nous. On est seuls, Chloé, tous les deux. Mais tu vas guérir, mon amour. On va guérir ensemble. Chloé et Julien, unis pour la vie, comme dans nos vœux de mariage, tu te souviens ?

Le désespoir s'empara de son âme. Les mots de cet homme invoquaient un souvenir qui n'existait pas. Un souvenir aussi factice que les murs de son appartement prison. Après l'avoir enfermée pour la contraindre à accepter sa réalité, voilà qu'il tentait de lui imposer un passé mensonger pour l'attirer dans son monde de folie pure.

— Tu n'es pas Julien, répondit-elle, les larmes aux yeux. Tu n'es pas mon mari et tu ne le seras jamais ! Julien ne m'aurait pas fait vivre toutes ces horreurs. Je ne sais pas qui tu es, mais tu n'es pas Julien !

— Chloé, ne dis pas ça. Je suis là, avec toi. Nous avons traversé tant de choses ensemble. Tu te souviens de notre maison, de nos projets…

— Non ! Tu n'es pas lui ! Tu es malade ! Il faut me laisser partir, dit-elle en se recroquevillant pour mettre le plus d'espace possible entre eux.

— Tu es confuse, c'est l'effet de la douleur et des anesthésiants. J'ai été obligé de te donner des doses de cheval. Ça peut créer des problèmes de mémoire.

— Ferme-la ! Tu n'es pas Julien !

L'homme battit en retraite devant sa rage et se dirigea vers la salle de bains pour faire couler un peu d'eau qu'il se passa sur le visage. Chloé en profita pour l'observer. Il n'était pas bien grand, très mince et portait un bas de survêtement et un tee-shirt couvert de taches sombres. Elle se rappela son costume trop ajusté, son sourire en latex alors qu'il lui expliquait ses projets de paternité. Son ventre se contracta d'effroi quand elle revit ces moments affreux dans la chambre. La séquestrer et la faire souffrir ne lui avaient pas suffi, il avait aussi fallu qu'il la mutile pour en faire son objet. Elle se souvint également que tout ce qu'elle avait obtenu dans cet enfer, c'était par la ruse.

— Continue de boire et mange un peu. Dans quelque temps, tu comprendras que je fais tout ça pour nous. Pour toi, dit-il en lui lançant un regard sombre.

— S'il te plaît, laisse-moi partir, supplia-t-elle.

Il revint dans la chambre et la regarda, manifestement rassuré par son changement de ton.

— Non, mon amour, nous devons rester ensemble ou ils te captureront. Mais tant que nous sommes tous les deux, il ne peut rien nous arriver. Tu verras, tout ira bien. Je te le promets.

Chloé sentit un frisson de terreur l'envahir à mesure qu'elle comprenait l'ampleur de la folie dans laquelle son ravisseur avait sombré. Son état semblait avoir drastiquement empiré. Il ne se faisait plus passer pour son mari, il était persuadé de l'être. Ce n'était pas un jeu, il avait véritablement vrillé.

— Julien… si tu m'aimes vraiment, laisse-moi partir, dit-elle en tentant de contrôler ses larmes.

Ses yeux devinrent plus doux et il la fixa avec un air de profonde compassion. Elle devinait à quel point il était heureux d'entendre son prénom dans sa bouche.

— Non, mon amour. Tu es encore souffrante, tu ne comprends pas… mais nous ne nous séparerons plus. Jamais. Il faut que tu te douches, que tu manges pour reprendre des forces et ensuite nous quitterons cet endroit.

— Où est-ce que nous sommes ?

— En Espagne. Mais on va filer vers le sud, tout en bas. Et si ça ne suffit pas, on traversera la mer en bateau.

— Pour aller où ?

— Au paradis, mon amour, dans notre paradis.

49

L'enfer. C'est exactement là que Chloé se trouvait, coincée entre les murs de cette minuscule chambre d'hôtel dans une chaleur étouffante, la jambe sectionnée par un psychopathe dont le glissement vers la démence était de plus en plus rapide. Son instinct de survie lui dictait de jouer le jeu, mais elle sentait bien que cette fuite désespérée aurait une issue dramatique. Elle décida donc de consacrer son temps à dompter les douleurs de son corps.

Après quelques heures de lutte pour réussir à s'asseoir sur le bord du lit, elle vit l'homme surgir dans la pièce.

— Il faut partir… tout de suite !

Ses mains tremblaient quand il se précipita pour ranger leurs quelques affaires dans un sac en toile militaire.

— Pourquoi ? Qu'est-ce qui se passe ?

— Les flics, expliqua-t-il en inclinant les persiennes pour jeter un coup d'œil à l'extérieur. Ils sont en train de fouiller les voitures sur le parking. On n'a pas beaucoup de temps.

Chloé sentit son cœur s'emballer. Malgré la douleur dans sa jambe, une nouvelle vigueur l'envahit. C'était peut-être l'occasion de mettre un terme à ce cauchemar. L'homme déplia la chaise roulante puis revint vers elle pour glisser un bras autour de sa taille et l'aider à s'installer.

— Et si on se rendait, Julien ? Si on arrêtait de s'enfuir ?

— Non, on ne peut pas faire ça.

Des bruits de portières et des voix espagnoles résonnèrent au loin.

— J'en peux vraiment plus, Julien. Je pense que je n'ai pas la force de continuer.

— Tu dis ça, mais regarde : tu as retrouvé tes esprits, tu arrives à te redresser toute seule. Ce qu'il te faut, c'est un peu de repos dans un endroit sûr. Heureusement que j'ai laissé le 4 × 4 dans la rue derrière. On va passer par l'ascenseur de service.

Il ouvrit doucement la porte de la chambre avant de pousser le fauteuil devant lui. Ils s'engagèrent dans un corridor desservant un étage qui se déployait en U autour d'un grand parking. Cet endroit ressemblait à une sorte de motel à l'américaine dans lequel les clients pouvaient se garer juste en face de leurs habitations. Chloé devinait plusieurs présences en contrebas, mais la rambarde l'empêchait de les voir. Elle hésita à hurler de toutes ses forces, mais sa gorge la faisait tellement souffrir qu'elle douta du résultat.

Trop tard. Arrivé au bout du couloir, Julien bifurqua sur la droite jusqu'à atteindre un ascenseur dont il pressa le bouton d'appel.

— T'inquiète pas, mon amour, j'ai un plan.

C'est alors qu'elle remarqua la lame qu'il tenait à la main. Un genre de gros couteau de chasse dont une arête était crantée.

— Pourquoi tu as ça ?

— Pour nous défendre.

— Tu ne vas pas faire de mal à quelqu'un, Julien ?

— Non, je ne suis pas comme ça... sauf si on m'y oblige.

La porte de l'ascenseur s'ouvrit et ils s'engouffrèrent à l'intérieur. Au rez-de-chaussée, Julien vérifia qu'il n'y avait personne et poussa le fauteuil dans une petite entrée. Chloé aperçut une affiche représentant une *rambla* qui menait à un port de pêche. On y lisait les mots : *Llançà, Cap de Creus*. Ils étaient bien en Espagne, quelque part vers la frontière ou pas loin.

Il pivota sur le côté et amena Chloé vers une porte de service qu'il déverrouilla avec précaution.

— On y va, chuchota-t-il tout en la poussant vers l'extérieur.

Ils débouchèrent dans une ruelle encombrée de poubelles alignées contre un mur couvert de chaux blanche. Le soleil était haut dans ciel et ses rayons frappaient tellement fort que Chloé fut forcée de se protéger les yeux. Ils avancèrent rapidement jusqu'à tourner à un coin de rue donnant sur un petit parking presque désert. Un vieux 4 × 4 était garé à l'ombre d'un immense platane.

— On y est presque, mon amour.

C'est alors qu'une voix grave résonna dans leur dos :

— *Un momento, señor.*

Il arrêta de pousser le fauteuil et elle fut obligée de se contorsionner pour voir ce qui se passait. L'homme qui venait de leur parler portait un uniforme noir et bleu, une casquette et un ceinturon sur le côté duquel se trouvait une arme. Julien se rapprocha de lui comme s'il voulait lui glisser un mot à l'oreille. Le policier se pencha en avant pour écouter. Chloé discerna un mouvement sec et rapide et vit la lame du couteau scintiller d'un reflet rouge.

— Qu'est-ce que tu fais, Julien ! Non ! hurla-t-elle à s'en faire exploser les cordes vocales.

Il était trop tard. Le policier tomba sur le sol face contre terre, sa casquette roulant sur le bitume.

— Tu l'as tué ?! Mais pourquoi ?

— C'était lui ou nous.

Julien se courba pour ramasser le pistolet qu'il mit à sa ceinture.

— Il y a une autre solution, tu peux encore arrêter tout ça…

Sans un mot, il se remit à la pousser jusqu'à la voiture puis ouvrit la portière pour l'installer sur le siège passager. Elle lutta pour essayer d'apercevoir la silhouette du pauvre policier étendu dans une mare de sang. Son corps parcouru de spasmes finit par s'immobiliser.

— Il est peut-être encore en vie. Il faut prévenir les secours.

— Non, mon amour. Il va mourir, crois-moi, il n'y a plus rien à faire pour lui, dit-il en faisant rapidement le tour pour s'asseoir derrière le volant.

Il posa le pistolet dans le vide-poche de la portière et prit quelques secondes pour essuyer le sang de la lame sur un pan de sa chemise.

— Je te l'ai déjà expliqué, Chloé. C'est *eux* contre *nous*. On n'a pas le choix.

La violence et la froideur avec lesquelles il venait de tuer cet homme sous ses yeux la glaçaient. Ce n'était pas un être humain qui se tenait à côté d'elle, mais un prédateur sans aucune empathie. Un monstre. Elle pensa à ouvrir sa portière pour se jeter sur le bitume, mais son corps était tétanisé par la peur. Exactement de la même manière que lorsqu'il l'avait forcée à se déshabiller pour la violer. Il démarra le moteur et ils quittèrent le parking en silence, s'éloignant rapidement du motel.

Sur le côté de la route, la mer s'étendait jusqu'à l'horizon dans d'innombrables scintillements de bleu. Mais réfugiée contre la fenêtre passager, ses yeux rivés sur le paysage, Chloé ne voyait rien d'autre que le rouge vif du sang.

50

Ils avaient roulé toute la journée sans prononcer un mot. D'abord en direction de Saragosse, puis de Madrid, avant de continuer vers le sud. Plusieurs fois, Chloé avait prié pour qu'un barrage de police mette fin à cette cavale désespérée, mais leur itinéraire chaotique leur avait permis d'éviter la plupart des péages et des grands axes. Malgré la chaleur accablante, l'homme n'avait pas quitté la route des yeux et semblait perdu dans ses pensées. Il donnait l'impression de pouvoir rouler comme ça jusqu'au bout du monde et c'est uniquement parce que la jauge du réservoir était dans le rouge qu'il décida de s'arrêter à une station-service en plein milieu d'un parc national, non loin de Cordoue.

Le soleil déclinait à l'horizon lorsque la voiture s'immobilisa devant une vieille pompe. Il fouilla dans ses poches et y trouva un billet de vingt euros qu'elle comprit être son ultime ressource. L'homme se pencha vers elle et, avec une grande douceur, lui déposa un baiser désagréable sur le front. Elle l'observa tandis qu'il sortait du véhicule, plaçant le pistolet à sa ceinture de façon à le cacher sous un pan de sa chemise.

Elle profita de ce moment de répit pour étudier son reflet dans le rétroviseur. Son visage était pâle, marqué par la peur et la fatigue. Ses cheveux en désordre encadraient des yeux éteints où subsistait une infime lueur d'espoir. L'espoir que quelqu'un ou quelque chose mette fin à ce cauchemar. Mais au fond de son cœur, Chloé savait qu'elle était seule et que son unique chance de s'en sortir dépendait de sa capacité à survivre. Ses pensées furent interrompues par le claquement sec de la trappe à essence. Julien referma le réservoir et se dirigea vers le petit magasin attenant à la station. Chloé ouvrit sa portière pour laisser la fraîcheur relative de la nuit lui apporter un bref soulagement. Elle scruta la fenêtre du bâtiment, imaginant la scène. Est-ce qu'il n'était pas en ce moment même en train de braquer le ou la pauvre pompiste ? Ou pire encore ? Elle fut rassurée de n'entendre aucune détonation, aucun hurlement de terreur ou de douleur, et de le voir ressortir, une bouteille d'eau entre les mains.

— On n'a plus d'argent, dit-il en lui tendant la bouteille, et à peine de quoi rouler jusqu'à Séville. Il va falloir trouver une solution.

Elle le fixa avec des yeux aussi déterminés que possible et prit une gorgée avant de répondre.

— La seule solution, c'est de nous rendre.

— Je t'ai déjà expliqué que c'est impossible.

— J'ai compris toute cette histoire de complot et je te crois. Mais nous avons beaucoup roulé… peut-être qu'ici les choses seront différentes.

Un rictus amer se dessina sur ses lèvres.

— Après ce que j'ai fait à ce flic, il n'y aura aucune différence, tu peux en être sûre.

La porte de la station s'ouvrit en grinçant et elle aperçut un jeune homme à la peau mate sortir et allumer une cigarette d'un geste nonchalant. Chloé prit une profonde inspiration, cherchant désespérément une nouvelle approche.

— Julien, dit-elle doucement en posant une main sur son bras, j'ai besoin d'aller à l'hôpital.

— Pourquoi ? Ta jambe te fait encore souffrir ? J'ai changé le pansement tout à l'heure et…

— Ce n'est pas ça, Julien. J'ai des douleurs au ventre, comme des contractions.

— Tu es malade ?

— Je pense que… je ne sais pas ce que j'ai…

Elle pencha la tête avec une petite grimace en serrant les dents.

— Tu veux un Doliprane ? Il en reste quelques-uns.

— Ça pourrait être plus grave que ça…

— Comment ça, plus grave ? demanda-t-il en se retournant vers elle, inquiet. Qu'est-ce qui se passe ?

— Tu ne te souviens pas… après notre mariage… après cette jolie maison que tu nous avais achetée… notre grand projet.

Julien resta silencieux, comme s'il cherchait à comprendre ce qu'elle insinuait, avant de reprendre :

— Tu… tu es enceinte ?

Cette révélation soudaine le fit tressaillir. Ses yeux s'écarquillèrent un instant, puis il fronça les sourcils.

— J'ai des sensations étranges dans mon corps, reprit-elle. Je sens que quelque chose a changé. Si c'est vrai, il faut que nous allions à l'hôpital rapidement.

— Mais pourquoi à l'hôpital ? Ce genre de sensations, c'est normal, non ?

— Imagine qu'il y ait une complication… après tous ces événements. Imagine que nous perdions le bébé. Si ça devait arriver, je t'en voudrais pour toujours.

L'homme sembla complètement confus. Son regard se brouilla pour disparaître dans le vide pendant un instant comme s'il luttait contre lui-même.

— Non… je…

— Fais-moi confiance, Julien. Une femme sent ces choses-là.

Il resta silencieux, puis baissa les yeux vers le ventre de Chloé pour y lire la vérité. La brise nocturne souffla doucement et la fit frissonner. Le jeune homme à la cigarette jeta un coup d'œil dans leur direction et les salua d'une main amicale avant de rentrer dans sa boutique. Autour d'eux, la nuit était finalement tombée, enveloppant la station-service d'une obscurité oppressante.

— Demain, dit-il d'une voix hésitante. Demain, nous irons à l'hôpital.

51

Ils s'arrêtèrent à la première ville rencontrée dans la direction de Séville. Elle se nommait Arahal et son église aux murs blancs et au clocher en pointe faisait face à une jolie petite place encadrée de bâtiments d'un étage dont les pignons en dentelles étaient rehaussés de dorures. L'homme avait garé la voiture à l'ombre d'un palmier et Chloé se tenait dans sa chaise roulante, appuyée contre la pierre d'une fontaine, la main dans l'eau fraîche. Il n'y avait personne aux alentours, hormis quelques anciens qui discutaient sur un banc de l'autre côté de la place, pas loin d'un antique cinéma à la façade ocre délavée.

Malgré la peur qui ne l'avait jamais quittée, Chloé ressentait pour la première fois un espoir concret. Il était allé se renseigner sur l'emplacement de l'hôpital le plus proche. Une fois arrivée là-bas, Chloé profiterait d'un moment d'intimité pour donner l'alerte. Bien sûr, il faudrait qu'elle les prévienne qu'il était armé et dangereux, et il y avait un risque que tout cela se termine dans une effusion de sang. Mais c'était son unique chance de s'en sortir. Elle le vit faire le tour de la place avant de revenir vers elle.

— Il y a une clinique juste à côté, sur la route qui mène à Paradas.

— C'est un hôpital ou une clinique ?

— Juste un centre médical, mais ça devrait faire l'affaire. Au pire, ils nous diront où nous rendre.

— Pourquoi on ne va pas directement à Séville ?

— C'est une grande ville. Les flics nous cherchent certainement là-bas.

Elle ne répondit rien et hocha la tête en lui souriant. Mieux valait ne pas risquer qu'il change d'avis au dernier moment.

— Voilà, mon amour, tout va bien se passer, comme je te l'avais promis. Ils vont prendre soin de toi et de notre bébé.

Ces mots lui donnèrent des relents de nausée, mais elle n'en montra aucun signe.

— On y va, Julien ? Il fait tellement chaud ici.

— Attends, j'ai repéré un distributeur. Il me reste quelques pièces, je prends de l'eau et je reviens.

En le regardant s'éloigner, Chloé sentit des larmes de joie monter. Elle y était presque. Plus que quelques heures à jouer la comédie et ce serait définitivement terminé, d'une manière ou d'une autre. L'homme se dirigea vers le cinéma d'un pas assuré et s'arrêta devant la machine. Il glissa une pièce dans la fente et resta figé, les yeux fixés sur le mur. En dépit de la distance qui les séparait, Chloé sentit une boule d'angoisse se former dans son estomac. Elle força sur ses bras pour se redresser et apercevoir ce qu'il regardait avec autant d'intensité. C'était une vieille affiche du film *Top Gun : Maverick* avec Tom Cruise en vedette. L'acteur, sourire charmeur et casque de pilote à la main, se tenait juste au-dessus de lui, comme s'il le toisait. Elle vit le visage de l'homme se transformer. L'assurance fit place à une expression de rage froide. Cette image avait réveillé quelque chose de profondément enraciné.

À cet instant, Chloé comprit avec une clarté terrifiante que tous ses efforts venaient de s'effondrer. Il avait retrouvé la mémoire. La haine brûlante des femmes s'était ravivée d'un coup et il devait être en train de réaliser que toute cette cavale n'était qu'un leurre. Sa vie était en danger. Sans perdre une seconde, elle saisit les roues de son fauteuil et commença à avancer aussi vite que possible dans la direction opposée. Ses mains tremblaient, mais l'adrénaline décupla ses forces, si bien qu'elle glissa rapidement sur la terre battue pour traverser la place. Après une dizaine de mètres, elle risqua un coup d'œil sur le côté.

Il courait vers elle.

De toute la puissance de ses maigres épaules, Chloé fit pivoter le fauteuil en direction de l'église. La rue pavée de dalles inégales rendait chaque mouvement plus difficile. Elle l'entendit crier, mais le sang pulsait si fort dans ses tempes qu'elle ne comprit pas les mots. Elle ne pensait qu'à une chose : atteindre l'église et y trouver refuge. Lorsqu'elle passa les portes, la transition entre la lumière vive de l'extérieur et la semi-obscurité fit danser des lueurs orangées devant ses yeux. Elle sentit la présence de nombreuses personnes installées sur les rangées de bancs jusqu'à l'autel. Deux silhouettes se dressaient là-bas, l'une portait une robe d'un blanc immaculé. Un mariage. Tous les regards se tournèrent vers elle. Il devait y avoir une centaine de convives réunis en ce lieu pour célébrer un nouvel amour.

Elle s'avança dans la nef en pleurant et trouva la force de crier : « Aidez-moi ! S'il vous plaît, AIDEZ-MOI !

HELP ME ! » Plusieurs silhouettes se mirent en mouvement pour venir l'entourer. Son regard se tourna vers la porte où elle aperçut l'homme qui l'observait, dissimulé dans l'ombre. Elle pointa un doigt dans sa direction en hurlant et il disparut. Le prêtre s'approcha de l'attroupement pour lui parler, mais elle ne comprit pas ses mots. Chloé remarqua alors la jeune mariée qui la fixait avec des yeux pleins de compassion. Elle pensa à Julien, le vrai, et sentit un soulagement immense l'envahir. Après ce voyage dans les abysses et toute cette haine, c'était finalement la célébration d'un amour mutuel et consenti qui venait de la sauver.

52

Image noire. Mickael fit glisser les icônes de l'écran sur le côté. Il ne restait que quelques minutes de batterie sur son téléphone portable et il n'aurait pas le droit à une autre prise. Début de l'enregistrement. Malgré la colère, il réussit à retrouver un peu de calme. Après tout, ce qu'il s'apprêtait à filmer devait être considéré comme son « manifeste », lui donner accès à la postérité. Il avait le visage amaigri, la barbe et les cheveux hirsutes, et, derrière lui, on devinait une rue écrasée par le soleil.

« Bon... je m'appelle Mickael Gerbière, j'ai vingt-huit ans et ce que vous êtes en train de regarder est ma dernière vidéo, car le temps du châtiment est venu. Cela fait des années que ma vie est un enfer. D'aussi loin que je m'en souvienne, les femmes ne m'ont jamais aimé. Pourquoi ? Parce que je suis né *incel*, maudit par ma propre génétique. Depuis le lycée, elles m'évitent. Elles préfèrent coucher avec des mecs plus beaux ou plus friqués. Elles me méprisent, me considèrent comme un sous-homme. Eh bien, aujourd'hui, elles vont comprendre qui je suis réellement. Je vais massacrer jusqu'à la dernière salope gâtée, pourrie et prétentieuse que je verrai. Et quand la peur se lira sur leurs visages, je prendrai leurs petites vies sans aucune hésitation. »

Un rayon de soleil le força à cligner des yeux et il inspira longuement avant de conclure :

« Les filles, je vous déteste et je vais vous détruire. »

Mickael stoppa l'enregistrement pour conserver assez de batterie pour télécharger la vidéo sur sa chaîne YouTube et programma sa mise en ligne immédiate. Ensuite, il vérifia le chargeur de son arme, saisit le manche du poignard de Vic et se dirigea vers le centre-ville.

CONCLUSION

CHLOÉ, JULIEN & MICKAEL

53

L'image se coupa. Un greffier déplaça l'écran qu'il avait installé en face de l'estrade où se tenaient le juge et ses assesseurs. Une fois la manœuvre effectuée, l'avocat général se leva pour prendre la parole face aux jurés.

— Voilà donc les dernières images filmées et mises en ligne par Mickael Gerbière, après les soixante-douze heures de vidéo retraçant le calvaire de Chloé Dupigny durant ses quatre semaines d'emprisonnement.

Il y eut un long silence dans la salle d'audience et Mickael vit son avocat baisser les yeux.

— Je vous rappelle, messieurs les jurés, monsieur le juge, que cet homme a procédé quelques minutes après avoir enregistré cette vidéo à l'exécution sommaire de six femmes dans les rues d'une petite ville du sud de l'Espagne. Massacre qui n'est que l'aboutissement d'un terrible parcours sanglant durant lequel il avait déjà tué cinq personnes et mutilé Mme Chloé Dupigny après l'avoir séquestrée et avoir tenté de la violer à de multiples reprises, comme elle l'a décrit avec beaucoup de courage face à la cour.

Les visages des six jurés étaient fermés. Certains affichaient un air de profond dégoût. Deux d'entre eux avaient les larmes aux yeux.

— En conséquence et parce que je ne doute pas que vous avez pris conscience de la dangerosité de cet homme, je vous demande de lui donner la peine maximale prévue par la loi française. C'est-à-dire l'emprisonnement à perpétuité avec une peine de sûreté de trente années. C'est uniquement à ce prix que la mémoire de toutes ses victimes pourra être honorée. Uniquement à ce prix que nous protégerons la société de ce prédateur impitoyable.

Le juge fit un signe de la main et l'homme en robe noire alla s'asseoir à sa place, à l'opposé de celle où se trouvait Mickael.

— Maître, vous avez quelque chose à ajouter pour la défense de votre client ?

L'avocat secoua la tête et se tourna vers l'accusé avec un air désolé.

— Nous avons donc entendu l'ensemble des témoignages, les différents rapports d'expertise ainsi que les réquisitions de l'avocat général et de la défense. Il est temps de vous demander, monsieur Gerbière, si vous avez une dernière déclaration à faire avant la délibération ?

Mais Mickael ne lui prêta aucune attention. Encadré par deux policiers à l'air sévère, il avait les yeux rivés sur la table où était installée Chloé. Pendant tout le procès, dont les audiences avaient duré près de deux mois, il n'avait cessé d'essayer d'accrocher son regard. En vain.

— Très bien… Nous allons donc nous retirer avant de prononcer le jugement.

Tout le monde se leva dans un chaos de bruits de chaises. Mickael sentit la main de l'avocat le tirer pour qu'il en fasse de même. Son esprit était ailleurs, focalisé sur cette femme qui refusait toujours de lui donner ne serait-ce qu'un instant de son attention. Son corps lui sembla en coton et il fut obligé de poser les poings sur la table pour éviter de flancher.

Autour de lui, la cour d'assises était pleine de spectateurs dont un grand nombre le fusillaient du regard. Les familles des victimes, le personnel du tribunal, les journalistes, les témoins, les simples curieux, tous avaient les yeux fixés sur lui. Il aperçut un jeune homme tenant un carnet de croquis dans lequel il dessinait sans doute son portrait. Est-ce que c'était cela, la postérité ? Deviendrait-il saint Mickael pour tous les *incels* ? Il aurait peut-être même son propre hashtag pour que ses frères Red Pills se souviennent de son martyre.

Il y eut un long moment d'attente durant lequel l'avocat prononça des paroles sans intérêt, puis le juge finit par revenir et prit tout son temps pour s'installer derrière son pupitre. Il tourna la tête dans sa direction et commença à parler d'une voix extrêmement grave, mais Mickael n'écouta pas. Après la sentence, une rumeur de contentement s'éleva partout dans la salle. Les gens étaient satisfaits, comme le public d'une arène autour du cadavre d'un taureau. Mickael ne ressortirait jamais de prison, il l'avait bien compris. Mais au fond, il s'en foutait complètement. La seule chose qui le désolait, c'était qu'il n'avait pas réussi à tuer cette femme. Elle, et toutes les autres.

54

Un courant d'air frais souffla sur le stade alors que Chloé terminait ses exercices quotidiens. Sa prothèse en titane intégrait une unité à microprocesseur et une intelligence artificielle lui permettant de s'adapter aux changements de terrain et de retrouver certaines sensations perdues dans sa jambe gauche. Tous les matins, elle grimpait les marches des gradins et courait quelques kilomètres en tentant de faire le vide.

Trois ans déjà depuis la fin de son calvaire. Trois années de cauchemars, de thérapies et de médicaments. Un véritable marathon pour remonter la pente aussi bien physique que mentale. Cet homme ne s'était pas contenté de la mutiler dans son corps, il lui avait également marqué l'âme à tout jamais. Il lui arrivait encore de se réveiller en pleine nuit avec la sensation de se trouver dans cet appartement infâme, soumise à son bon vouloir. Elle se rappelait le matin où, en allumant la télévision pour regarder les informations, elle était tombée sur son visage de cire en train de l'observer silencieusement. Sa psy avait beau lui avoir expliqué que ce genre d'hallucinations était un processus naturel chez les victimes de stress post-traumatique, Chloé vivait ces épisodes comme s'ils étaient bien réels.

Après le procès en assises et la condamnation, des dizaines de journalistes étaient venus la questionner sur sa détention, lui demandant de décrire par le menu les sévices subis. Dans un premier temps, elle avait catégoriquement refusé, avant de comprendre que son martyre pouvait peut-être éclairer les gens sur les véritables raisons derrière ce drame. Mickael Gerbière n'était pas un simple psychopathe. Il appartenait à une communauté d'hommes qui existaient réellement et s'entraînaient entre eux à faire grandir le feu brûlant de la haine des femmes. Elle n'était pas la victime aléatoire d'un malade mental, elle était une cible délibérément choisie selon des critères misogynes. Il y avait une dimension politique indéniable dans cet acte de barbarie.

Seulement quelques médias s'étaient intéressés à ça, la plupart préféraient le côté sensationnel. Il y avait eu des reportages, des documentaires, des livres et même une série télé pour livrer en pâture au monde les moindres détails de son agonie. Elle avait regardé, effarée, la scène durant laquelle l'actrice censée l'incarner se faisait couper la jambe en hurlant. Cette mise en abyme brutale, glamourisée par la lumière et la réalisation, lui avait donné envie de mettre fin à ses jours. Elle avait donc vécu toutes ces horreurs pour cela ? Devenir un produit jeté à un public avide d'images morbides ? C'était exactement ce que son ravisseur désirait. Le monde s'était approprié son histoire pour s'en délecter, lui rappelant chaque jour qu'elle n'était plus la dynamique jeune femme anonyme, mais une simple victime de la folie humaine. Non, Chloé savait parfaitement que c'était bien plus que cela. Elle avait donc décidé de couper les ponts. Elle quitterait son pays et ses amis pour se reconstruire ailleurs.

— Alors comment ça se passe, ce matin ?

Julien l'attendait dans les gradins.

— Je trouve que tu progresses pas mal en vitesse. Je te sens plus à l'aise.

Elle l'observa un petit moment en recoiffant la mèche de cheveux que la sueur lui collait sur le front. Julien… Depuis le premier jour de liberté, il était là pour elle. Il l'avait soutenue pendant le procès, lui avait servi de rempart face aux harcèlements des réseaux sociaux et il l'accompagnait depuis dans toutes les étapes de sa convalescence.

— Elle est vraiment géniale, cette prothèse. Rien à voir avec le dernier prototype.

— Je pense que si on demande à nos partenaires de faire un effort, on doit pouvoir la diffuser largement à un coût très bas.

Ils avaient continué de développer leur activité humanitaire en y intégrant l'idée de fournir aux pays d'Afrique et d'Asie ce matériel habituellement réservé à une riche clientèle. Que sa mutilation devienne un symbole de résilience et permette à des victimes de mieux vivre était un projet qui faisait du bien à Chloé.

Elle vint le rejoindre et s'asseoir à ses côtés. Face à eux, une rangée de palmiers à hautes tiges se balançait au gré du vent. Il régnait une moiteur tropicale et, malgré le ciel bleu, une masse de nuages sombres s'approchait rapidement.

— On va prendre la flotte, dit Julien en lui souriant.

— C'est pas grave, répondit-elle en posant sa tête sur son épaule.

Et ensemble, ils restèrent là à attendre l'orage.

55

Mickael était allongé sur son matelas, les yeux rivés à la lucarne grillagée par laquelle il apercevait un bout de ciel gris.

— Est-ce que vous vous souvenez que nous avons déjà eu cette conversation ?

La question perfide du docteur Alhaire résonna dans sa tête comme une incantation. Il se l'était répétée une bonne partie de la nuit, tout comme le long rapport d'expertise psychiatrique que ce pseudo médecin avait fait lors du procès et dont il avait mémorisé chaque mot.

« Après sa chute, M. Gerbière a erré plusieurs heures dans la forêt en perte totale de repères. Lorsque la gendarmerie l'a déposé à la clinique, j'ai immédiatement procédé aux examens d'usage. Malgré quelques contusions, il ne souffrait d'aucune blessure grave. En revanche, son esprit semblait profondément altéré. J'ai pu constater une amnésie partielle ainsi qu'un trouble dissociatif important de l'identité. M. Gerbière n'avait pas l'impression d'être une seule, mais trois personnes différentes. Une identité principale qu'il appelait Julien et qui peut aujourd'hui être directement associée à l'époux de Mme Chloé Dupigny. Une autre dans laquelle il se faisait passer pour un certain Loïc, l'une de ses victimes.

Et enfin, il modifiait totalement sa voix et ses attitudes corporelles pour interpréter Magali, dont le cadavre a été retrouvé en bas de la falaise de la forêt de la Treille.

« Ce type de syndrome est très souvent causé par un traumatisme profond ou un stress excessif. Dans le cas de M. Gerbière, ma conclusion est que les effets cumulés de sa chute et le meurtre simultané de ces deux personnes ont provoqué un effondrement psychique tellement important que son esprit a en quelque sorte ressuscité ses victimes en lui donnant le beau rôle, celui du mari qui cherche à tout prix à sauver sa femme.

« J'ajoute à cela que les théories complotistes abracadabrantes dont il m'a fait part et qui faisaient naître en lui un profond sentiment de paranoïa étaient très certainement déjà présentes dans sa personnalité mère. Comme l'ont confirmé les différents témoins qu'il a croisés durant son épisode dissociatif, M. Gerbière endossait les trois personnages à tour de rôle en modifiant ses intonations et sa gestuelle au gré de ses émotions. Pendant cette période d'instabilité, on peut dire qu'il ne savait pas réellement qui il était. »

Mickael ne put s'empêcher de rire, comme il l'avait souvent fait au moment de l'audience. Tout ce fatras psychiatrique n'était qu'un tissu de mensonges. Il était le seul à avoir eu le courage de prendre la pilule rouge, il n'y avait rien d'autre à dire.

« Est-ce que vous pensez que M. Gerbière était responsable de ses actes lorsqu'il a commis ces meurtres en Espagne ? » avait questionné le juge.

« Absolument, avait répondu le médecin sans aucune hésitation. D'après le témoignage de Mme Dupigny, l'évocation sur une affiche de son double fantasmé et obsessionnel l'a immédiatement fait décompenser de son trouble dissociatif. C'est bien Mickael Gerbière qui a tué ces femmes et il était à ce moment-là en pleine possession de ses moyens. »

Et comment ! Mickael ne s'était jamais senti mieux que lors de ce moment de pure violence. Il n'en éprouvait aucun remords, et il serait prêt à recommencer dès sa sortie.

— Ça va, Mika ? demanda la voix de Vic depuis la banquette en face de la sienne.

— Ça va.

— T'as assuré, mec. Tu les as bien eues, ces connes. Tu leur as montré que t'étais un mâle alpha. Un vrai.

— Ouais.

Le fantôme de son pote disparut en même temps que la porte de la cellule s'ouvrit pour laisser entrer un gardien. On lui passa des menottes pour l'emmener au réfectoire. En marchant dans les travées sous les cris assourdissants des détenus hurlant leur colère et leur rage, il se dit que sa place était peut-être bien ici, finalement.

« L'Homme est la seule espèce dont les mâles tuent les femelles. »

Françoise Héritier

« L'homme se distingue des autres animaux surtout en ceci : il est le seul qui maltraite sa femelle, méfait dont ni les loups ni les lâches coyotes ne se rendent coupables, ni même le chien dégénéré par la domestication. »

Jack London, *Les Vagabonds du rail*

Note de l'auteur

La Menace n'est pas un roman comme les autres. Mon métier consiste généralement à créer de la fiction romanesque en m'inspirant de la vie, de l'actualité, de mes préoccupations, des histoires entendues ou racontées, des souvenirs extirpés de ma mémoire puis sublimés dans des personnages et des intrigues. Ici, tout est vrai. Malgré la folie du récit, de ses personnages et de leurs idées, je n'ai rien inventé. Les *incels* ou *involuntary celibates* pour célibataires involontaires existent bien. Ils ont leurs codes, leurs lieux de débats sur Internet, leur vocabulaire (je vous en ai glissé quelques mots au cours du récit), leurs idées hallucinantes sur le monde en général et les femmes en particulier et surtout leurs martyrs : Elliot Rodger, qui a assassiné six personnes et en a blessé quatorze autres à Isla Vista, en Californie, en 2014. Tuerie « en représailles » contre des femmes qui l'avaient rejeté sexuellement. Il laisse un manifeste de cent quarante pages sur Internet, détaillant sa haine des femmes, ainsi que plusieurs vidéos YouTube dans lesquelles il déclare le début d'une « guerre contre les femmes ». L'expression *incel « Go ER »* (faire comme Elliot Roger) fera d'ailleurs rapidement son apparition sur les forums *incels* comme un appel au meurtre de masse. Mais il y a aussi

Alek Minassian qui en 2018 a perpétré une attaque à la voiture-bélier à Toronto, tuant dix personnes et en blessant seize autres, et a précédé ses actes d'un message sur Facebook clamant que « la rébellion des *incels* a déjà commencé », tout en rendant hommage au « gentleman suprême Elliot Rodger ». La même année, Scott Beierle tire sur six femmes et en tue deux, et ce ne sont là que quelques exemples parmi des dizaines dont on constate une forte accélération ces dernières années. Ces actes ne sont pas cantonnés au continent américain. En France, le 28 janvier 2020, Mickaël Philetas, youtubeur et philosophe, tue son ex-compagne de quatre-vingts coups de couteau après avoir expliqué dans des vidéos comment le fait d'avoir pris « la pilule rouge » lui avait ouvert l'esprit. Encore plus proche de nous, Alex G., vingt-six ans, qui se revendique lui-même de la mouvance *incel*, est arrêté en Gironde en mai 2024 alors qu'il planifiait une tuerie de masse lors du passage de la flamme olympique.

Alors les *incels*, c'est quoi ? Ce sont exclusivement des hommes qui se définissent par leur incapacité à avoir des relations sexuelles avec les femmes et pensent que cette incapacité est due à des facteurs génétiques et au fait que les femmes soient prédéterminées par l'évolution à chercher des partenaires suivant un processus appelé hypergamie, c'est-à-dire qu'elles recherchent délibérément le partenaire le plus « beau », rejetant les autres de manière sélective. Par leur haine des femmes, leur peur du féminisme et leur misogynie exacerbée, les *incels* font partie des communautés les plus médiatisées et les plus radicales d'autres mouvances de la manosphère, c'est-à-dire réservées aux hommes et à leurs idées antifemmes. Un réseau où une armée d'hommes se revendiquant « masculiniste » n'hésite pas à diffuser ses paroles nauséabondes, violentes et nocives pour convertir les plus jeunes à son idéologie. Le masculinisme, c'est quoi ? Des mecs qui veulent défendre le « droit des hommes » et dominer les femmes en les accusant de tous les maux, justifiant leur violence par des théories du complot sur la supériorité masculine. Qu'ils soient *pick up artists* (coachs en séduction comme Mickaël Philetas) ou MGTOW (*men going their own way*), leurs idées se cristallisent en un seul objectif : la propagation de leur haine des femmes.

J'avoue qu'avant la rédaction de ce roman, je n'avais qu'une idée assez vague de ce phénomène et de son étendue. Mais voilà, comme tout écrivain, je me suis documenté. J'ai lu beaucoup d'essais, regardé des documentaires, j'ai visionné et lu les messages de ces hommes et, surtout, j'ai décidé de tenter une petite expérience pour vérifier si ces idées étaient si répandues que cela. À l'aide de mon smartphone, j'ai créé un compte TikTok, YouTube et Snapchat pour le jeune Mickael, quinze ans, sans donner plus d'informations. En moins de cinq minutes, les premières vidéos de prétendu « développement personnel » m'expliquent comment trouver une petite amie, séduire et mener mes relations amoureuses. Des images en noir et blanc, de la musique triste et des messages de plus en plus ouvertement sexistes. Au fil des minutes, l'algorithme élimine tout autre sujet pour me faire entrer dans une spirale de contenus dépressifs, misogynes et pire encore. Un cauchemar. J'ai eu de la peine pour ce jeune garçon de quinze ans dont je ne peux qu'imaginer l'état mental au bout de plusieurs heures de ce lavage de cerveau mortifère. Cette menace existe bien, elle est réelle et c'est un monstre dont les millions de têtes anonymes se propagent par voie numérique en harcelant les personnes qui osent se dresser contre leur diktat. Pire, ils profitent des questionnements et des fragilités de l'adolescence pour recruter des jeunes et les convertir à leur vision du monde profondément misogyne.

Ayant moi-même deux ados de quatorze ans abreuvés de contenus YouTube, TikTok, Snapchat ou Telegram, j'ai pris toute la mesure de cette menace et j'ai saisi la nécessité de les y préparer ; je vous invite à faire de même. En 2019, je m'étais intéressé aux violences faites aux femmes et au suicide forcé avec *Celle qui pleurait sous l'eau* ; aujourd'hui, dans une période où le droit des femmes est toujours aussi bafoué, où les violences sexuelles et sexistes sont quotidiennes, j'ai ressenti le besoin de traiter ce sujet qui prouve combien la route est encore longue.

Niko Tackian, 5 août 2024

Composition et mise en page PCA - Rezé

Achevé d'imprimer en février 2025
par CPI BRODARD & TAUPIN (72200 La Flèche)
pour le compte des Éditions Calmann-Lévy
21, rue du Montparnasse, 75006 Paris
commercial@calmann-levy.fr

PAPIER CERTIFIÉ

CALMANN LEVY s'engage pour l'environnement en réduisant l'empreinte carbone de ses livres. Celle de cet exemplaire est de :
400 g éq. CO_2
Rendez-vous sur www.calmann-levy-durable.fr

N° d'éditeur : 7588690/01
N° d'imprimeur : 3060293
Dépôt légal : mars 2025
Imprimé en France.